塞罕坝创业史诗

张树珊 著

上海文艺出版社

塞罕坝赋

总书记对塞罕坝的重要批示

建场前弥漫的荒原

七十年代的办公室

创业者居住的干打垒式草坯房

苗圃作业

落叶松机械植苗造林

樟子松苗

落叶松苗

沙荒造林

抚育后的白桦林

机犁沟整地人工造林

专业扑火队演习

林海茫茫

苍茫的落叶松林海

蓝天下的林海

生态效果

初冬的落叶松林海

山地混交林

序

树珊林业正高级工程师。1974 年毕业于（原）河北林业专科学校。毕业后分配到塞罕坝机械林场工作，先后从事育苗、沙荒造林、森林经营生产技术管理和林业气象管理等工作，曾担任林场技术主管负责人，是造诣深厚的专家型干部，为塞罕坝造林、经营事业作出了特别重要的贡献。工作 40 年间，他取得大量丰硕成果，颇有建树，曾主持塞罕坝十年沙荒造林和十三年森林经营工作，独立编纂林场《科技志》《场志》，参与起草林场多部经营方案、技术规程和管理制度，发表学术论文三十余篇，其中《河北省塞罕坝机械林场育苗造林经验》载入《联合国（1989 年）第一届国际干旱半干旱地区防护林会议论文集》（英文版），在林场生产技术研究和管理建设中倾注了大量心血。他是塞罕坝老一代知识分子的重要成员，第一代创业者的典型代表，是真正将论文写在林海的真专家、真学者。

他也是我的师兄，是令我敬重的学长和前辈。我在塞罕坝机械林场工作期间，多次陪同他检查林场生产工作，他认真负责、坚持原则，对技术要求严格，为林场抓好生产质量、从严从紧管理奠定了良好基础。他善于积累、精于钻研，能够把实践中形成的真知变成论文，将工作经验和先进成果理论化、制度化，很多工作成果至今仍是林场生产技术工作参考执行的重要依据。他求真务实、为人坦荡、风趣幽默，在林场干部群众中具有良好口碑。他热爱塞罕坝林业事业，其工作作风和处事风格令我十分钦佩、深受感动，也让我与他结下了深厚的友谊。

2017年，习近平总书记对塞罕坝精神作出重要指示批示，他听闻后倍感兴奋、深受鼓舞，虽已退休六、七年，但认为自己责无旁贷，再次披甲执笔、亲自上阵，主动加入塞罕坝精神的宣传学习行列，再次开启阐释弘扬塞罕坝精神的崭新征程。他站在亲历者、见证者和建设者的角度，以专业严谨的态度，用饱含深情的笔触，创作编著了多部文学作品，在相关期刊杂志上发表了数篇报道，为宣传弘扬塞罕坝精神树立了榜样标杆，为开展相关研究提供了重要资料，对阐释挖掘塞罕坝精神具有特殊意义。

《塞罕坝创业史诗》是他众多作品中的一部重要成果，全文以近体诗、古体诗和词的形式，形象地呈现了塞罕坝林场六十多年波澜壮阔、气势恢宏的创业历程。塞罕坝林场在中国共产党领导下，其波澜壮阔的建设场面，通过一个个生动有趣、打动人心的细节故事展现出来，深刻表达了作者对塞罕坝这片土地的真挚感情和深切体会。愿这本书能够让更多人认识、了解塞罕坝林场的创业历程，深刻感悟、理解塞罕坝精神，希望本书能够在塞罕坝精神宣传弘扬中发挥重要作用、贡献重要价值！

刘老延

2024年4月26日

前　言

河北省塞罕坝机械林场从 1962 年建场，到 2022 年已走过 60 年的光辉历程。六十多载奇寒暑热，砥砺奋进，在党的领导下，把颓废的木兰围场（整个木兰围场中的 17 个狩猎围场属于林场范围）建设成京津水源卫士、风沙屏障。120 万亩森林瞩目于世、效益显著、事业辉煌，积淀的“塞罕坝精神”更是宝贵的精神财富。塞罕坝的成长和建设，始终受到党和国家的关注、支持。

2017 年 7 月，习近平总书记对塞罕坝业绩做出重要批示，对林场建设者的感人事迹给予肯定；把塞罕坝精神精辟地提炼为“牢记使命、艰苦创业、绿色发展”，亦是对全党全国全军高举生态大旗的伟大号召。六十多年来，河北塞罕坝机械林场的建设者们听从党的召唤，在塞罕坝艰苦奋斗、甘于奉献，创造了荒原变林海的人间奇迹，用实际行动诠释了“绿水青山就是金山银山”的理念，铸就了“塞罕坝精神”。在此之后，中央新闻采访团来场采访，形成了宣传学习“塞罕坝精神”的活动高潮。

我为啥要自己写点东西？

第一，我作为一个塞罕坝建设的退休建设者，不止一次受到记者采访，于是产生了一个想法：所有的建设者都有值得学习和宣传之处，而且关于林场建设，我了解得比较多，积累的素材也比较多，应该能写点东西。自参加工作后，我一直有记笔记的习惯，也曾经因为此事挨了整，那是1975年冬天的整风，当时被罗列的问题达200条之多，但我“就是不交本子”！现在想来这不只是留下了一份工作笔记，更是保存了一笔历史财富。

第二，宣传塞罕坝是我义不容辞的责任和担当，尤其作为一个亲历者、见证者、建设者，更应当主动宣传“塞罕坝精神”，让这种精神在新时代发扬光大，激励更多的人。从2017年7月16日开始，我陆续完成了育苗、机械造林、人工造林、森林经营、防火和除虫六个方面系列报道的撰写。同年的11月起，《中国林业》刊登了机械植苗造林、塞罕坝是怎样绿起来的相关报道。接下来我创作了《塞罕坝创业史诗》，意在体现真实发展历程和塞罕坝精神，用了两个多月时间，其中包含艰苦创业和使命延续两部分。我知道自己的文学水平有限，只求全面简练，并且用一个新颖的方式来呈现塞罕坝历程、经验和塞罕坝精神。然而，与塞罕坝建设息息相关的事儿太丰富了，无法在一部诗集中全部融入，于是我继续编写《创业小故事》。这些东西都是塞罕坝的精神财富，不应随着时间的逝去而消失。2018至2021年间，《中国林业》杂志分三次连续登载了《创业小故事》中的近二十个真实感人故事。期间，66岁的范凌霞在深圳为《创业小故事》绘制了二十余幅插图，其中9幅为彩图。她是塞罕坝第一代创业者的后代，上世纪七十年代就参加塞罕坝创业了，画里饱含了她对塞罕坝事业的深厚情感。

第三，趁脑筋还好使，继续挖掘精神财富。2018 年 5 月初，我开始俩事儿一起干。第一个，开始创作《新木都忆昔》，试着写诗、填词，完成了词章和诗韵两部分，有时自己读起来也激动不已，现在我把它作为一部分纳入《塞罕坝创业史诗》中；第二个，1974 年就到林场工作的我，亲历沙荒造林，深深知道沙荒绿化的艰难，因此又开始写中篇小说《锁沙》，也找人征求了意见。我深知，一个人怕麻烦就进步不了。之后，《锁沙》和《创业小故事》以《塞罕劲风》为书名，由中国言实出版社正式出版。现在回想起来，犹如在碟子里扎猛子，不知深浅。

第四，我觉得似乎应该有一套比较全面的文字性书稿作为历史性的资料保留下来，最重要的是教育和启迪后代，让他们知道第一代人是如何创业的、塞罕坝是如何绿起来的、塞罕坝是如何发展的。我写得全面，且不失真实性。

创作的原则。

"实事求是"是塞罕坝的一种精神，我想写的东西也一定要真实。在写作之前，定了三条原则：力戒杜撰故事，绝不能为塑造"诸葛亮"形象而移来个"草船借箭"；力求以真实故事和情节展示"塞罕坝精神"；力图映现历史本来画面。

致谢支持者。

总场党委书记安长明同志、场长陈志卿同志、副场长崔同祥同志给予明确支持，在此致谢。原河北省林业厅厅长李兴源同志两次给予历史性技术事件（林场如何研制的植苗锹等）的内容提示，在此致谢。夏均奎、刘文仕就相关史实给予提示，在此致谢。总场机关党总支书记林树国同志，为两本书的策划付出了心血，在此致以真诚的感谢。

关于图片，大致来自四个方面：林树国、王龙、塞罕坝展览馆，还有一小部分是本人在 1976 年捡到的机械造林等具有历史意义的黑白照片（1983 年曾刊载于《中国林业》画报）。

在此，向林树国、王龙、范灵霞、刘毅军、王学峰、马喆等同志一并致谢，感谢在我写作至发表过程中给予不同方面的支持。

在写作过程中，我爱人宣云霜给了我很大的支持，我们也在一起回忆当年在塞罕坝工作、生活的许多场景和故事。女婿展卫国知道我要写创业史诗，立即提供苹果笔记本；女儿张维清帮助把关、联系出版单位，不惜忙碌。总之，从家人到领导以及同志们都给予了有力支持，真是“一个老头众人帮”，在此一并诚挚感谢。

另外，在此声明，作者是唯一享有《塞罕坝创业史诗》著作权的人，采用本书任何内容以及翻印，必须经著作权人许可。否则，视为侵权。

张树珊

2023 年 5 月于上海

目录

现代诗

新木都忆昔

现代诗

《创业史诗》诗体融合了古诗和新诗形式，叙事段落不拘偶数格，故段落多为单数格。

《现代诗》属于记事诗，记述了河北省塞罕坝机械林场 60 年来林业建设的历史进程。

第一部名为《艰苦创业篇》，颂扬塞罕坝艰苦创业、大规模绿化荒山荒原、恢复木兰围场森林景观，尤其展现轰轰烈烈的机械植苗造林、人工造林场面和创业一代人的精神风貌。

第二部名为《使命延续篇》，展现了创业不息、生态绿化、生态旅游、延续使命的宏观格局，以及事业腾飞的壮观景象。

诗序

红太阳照耀在河北的塞罕坝，
海洋般的林海波涛一望无际。
放眼环眺，
一百一十二万亩林海，
如楼房般拔地而起，
浩瀚无边，
碧波涟涟，
起始于一九六二年。
六十年奋斗事迹传遍中国，
传至大洋彼岸。
这一切，
源于中国共产党正确领导，
归功于塞罕坝人牢记使命，
艰苦创业，
绿色发展。

展开波澜壮阔的多彩画卷，
看塞罕坝人一代接着一代，
把早已破坏的木兰围场，
铺展绿色地毯，
披上绿色绒装。
为京津地带筑起风沙屏障，

为生态文明做出了巨大贡献。
这一切证明：
中国有能力屹立于世界民族之林，
塞罕坝人有能力恢复和发展生态，
塞罕坝人是这一行业的佼佼者，
为人类文明做出光辉典范。

展望未来

艰苦创业篇

艰苦弥坚六二年，
塞罕洪荒少绿颜，
国家立项复木兰。
建设大军汇数百，
精干学子超百员，
人才荟萃聚高巅。
奇志儿女战罕荒，
京津屏障拔得起，
卓绝奋战二十年。

落叶松机械植苗造林

第一章 高瞻远瞩

争建场

选址

依稀记得建国初那几年，
北京天津常遇大风天，
风沙弥漫，
沙尘常驻古迹瓦上边。
行人艰难沙抽脸，
自行车与人顶风呈 A 字，
满身尘土难睁眼……

必须把沙源来阻拦，
必须把风沙屏障建。
否则
首都环境影响国家形象，
涉及中国在世界的声誉。
涉及古城文物古迹保护，
关乎首都的建设和发展，
影响家园何止万万千。

林业部挑灯谋划研究，
走出京城调研和考察。

资料跃然办公桌，
敲定承德北部围场县，
木兰围场坝上——塞罕坝[1]。

争建

那是一九六二年，
林业部副部长惠中权，
莅临河北省林业工作会议宣布：
建立直属承德塞罕坝机械林场，
围场县坝上遴选。
与会人员为之振奋，
张家口地区急争把场建。
林业局长紧建言：
张家口地处北京上风头，
建立林场应在前。
地委地区很重视，
发展林业千秋事，
北京环境一定有改观。

承德地区林业局局长刘文仕，
三十岁刚出头儿，
身体力行精力旺，

注1：塞罕坝约占木兰围场17个围场左右，数个不是整围场。

气宇盎然：
承德地区林业基础厚，
河北林业的重中重，
区属坝上林场建于一九五七年，
其历史源于清廷木兰围场，
扩建规模具条件，
大力建设京津有保障，
林业部决定不能变！
国家高瞻远瞩，
党的领导是核心，
稳定投资有保障，
科学技术是支撑，
管理体系是保证，
把关质量锁狂沙，
承德有责任把光荣使命担。
部省合议有进展，
塞罕坝建场原决议：
改变气候增系数，
张家口坝上增建场，
林业部与河北省来合办。

定班子

创建一个大型国营林场，

领导班子大事第一桩，
林业部党组精筛选：
刘文仕使命意识强，
两个职务一肩挑，
出任场长最适当。
刘文仕断然拒绝：
“局长职务我辞去，
专心致志任场长。”

组织领导是核心，
承德地委推荐王尚海，
出任党委书记，
丰宁县原县长王福明任副场长。
建设靠管理，
生产、技术管理必须强，
林业部选配造林司工程师，
九三学社社员张启恩——
出任技术副场长。

科室搭建筑堡垒，
基层班子更需强。
围场县委政府输人才，
区委书记区长和部长。
原林场副场长黄仲儒，

获悉建场广种粮，
情撼天公风雨调，
职工奋战颗粒抢，
三十余万斤莜麦进库房。

规划蓝图

考察

遴选建场前与后，
国营林场管理局局长荀昌武，
副局长刘琨，
数次亲自考察塞罕坝。
逆朔风踏积雪，
爬高山过涝塔。

马失前蹄坠下马，
刘琨全身浸湿，

从左至右依次为：党委书记王尚海、常委场长刘文仕、常委副场长王福明、副场长张启恩

衣裤染上红塔水[1]，
立见闪冰花，
毅然跨上马。

跃马驰骋坝上荒原，
遥见一棵松干枝苍劲，
抗劲风遥望考察者，
在奇寒中招呼他。
您来啦！
你们终于来啦！
我笑风傲雪超百年，
只是太孤单。
这荒原能栽树，
你我就是见证。
看远坡上白桦云杉，
足可与我生长比肩……

刘琨在塞罕坝建场意志更坚。
难怪乾隆诗曰：
“松，塞外诸山多有之。”
明代《译语》“千松柏”。
火烧过的残桩直径米上下，

注 1：草塔蹲高 50 厘米左右，水色发红，水面浮有类似油斑物质。

色泽鲜艳的木灵芝，
虽寒冬犹如艳色盘花。

刘琨动豪情：
这是活标本，
今天一棵松，
明天万顷林，
坝上绿长城！
这一坝上建场积极倡导者，
在“文化大革命”被打下马，
发遣到东北度生涯。
科学的春天回来啦，

刘琨最后看望“老朋友”一棵松

他一如既往支持塞罕坝。
四十年后看望“老朋友”一棵松，
最后一次合影。

绘蓝图

塞罕坝建场获批复，
美化荒原荒山先规划。
部里挺出林业调查队，
承德林业队伍紧配合，
奇寒两度野外细勘查。

一部建场总体《规划设计》，
是建设灵魂，
是奋斗目标，
是征程所向。
党委高度重视，
王福明副场长亲坐镇，
张启恩副场长主持规划设计。

拥挤的办公室，
透风的工房，
粗粮时煮莜麦粒，
没有油腥的副食，
山野蔬菜沾盐花，

技术人员缜密的设计，
研讨技术呼“志气”。

宏伟蓝图展现：
总经营面积一百五十三万亩，
设五个科室五个分场，
林场、分场、作业区三级管理。
二十年造林七十七点七万亩，
前十年造林二十八万亩……

艰巨任务四大项：
“建成华北大面积用材林基地，
“为改变京津地带风沙危害创造条件，
“研究和积累高寒地带大面积造林和育林经验，
“研究和积累大型国营林场经营管理经验。”
建场方针：
以造为主、造育并举、
综合经营、永续利用。[1]

国家经济稍好转，
建设项目多压缩，
塞罕坝建设立项上马。

注 1：1964 年 2 月 24 日，林业部批复为“以造为主，造育并举，综合利用，多、快、好、省地建成用材林基地”。

国家计委毅然批复：
投资两千零八十四万元[1]。
国家对环境建设另眼相看，
期待塞罕坝建设铺展画卷。

刘琨眺望林海

注 1：1964 年国家计委批准 2084 万元。当时国家经济投资状况：国家第二个五年计划最后一年（1962）基建投资 55.69 亿元，1964 年国家基建投资 144.2 亿元。（从进《1949—1989 年的中国 · 2 曲折发展的岁月》P454、P469。）

第二章 群英荟萃

奔塞

上坝

东北林学院学子羽翼丰满，
白城林机校学子满腹技艺。
鲲鹏志向高远，
放眼宽阔蓝天，
快到实践中去，
豪情谱成进军曲。
响应党的号召，
到高寒塞罕坝去！
去美化塞罕荒原，
去绿化木兰荒山，
重绘木兰围场画卷。

列车鸣笛出发令，
载着一代学子壮志豪情，
冲出白山黑水，
冲出东北平原！
到了承德换班车，
车内浮尘扑口鼻。
围场县城换敞车，

二百七十华里绕道风抽脸，
驰上土道更筛逛。
皑皑白雪掩荒山，
辽阔无边现荒原。
来到啦！
一批到站中秋已降雪；
来到啦！
一批报到才过阴历年；
这里等待我们扎根，
这里等待我们征战！

来啦！

承德农业专科学校毕业生

来啦！
已是寒塞深秋飘鹅片，
承德农专的学子来了！
最小只有十七八，
京津自然气候要改善，
承德是北京的大门呀！
学有所用，
我们理所当然上坝，
逆风抗沙赴塞罕，
和衷共济靓年华，
立足塞罕锁风沙。

部分东北林学院毕业生

承德二中六名女学生，
毅然放弃高考，
不把学府试卷答。
找到场长刘文仕：
我们也要建设塞罕坝，
什么艰难困苦全不怕！
豪言壮语令惊讶。

别妈妈

国家百废待兴，
我要去塞罕坝——把根扎。

妈妈说：
好儿女志在四方，
工作之余多学习，
靠近组织争上进，
要听党和毛主席的话。
吃苦耐劳是本分，
虚心学习技术佳，
做个优秀塞罕人。
孩子呀，还缺啥？

女儿说：
啥也不缺啦，

您的叮嘱儿记下。
毛主席著作已带上。

来啦！
来啦！
六女来到啦！
塞罕坝创业之初添鲜花，
六女上坝传佳话。
来啦！
来啦！
逆风踏雪背着背包走来啦！
多个学府的学子陆续奔来啦！
一群群建设者相继赶来啦！
搭便车来啦！

六女合影（图中1人后因故未来）

来自二十四所大中专院校，
涌自十七个省市自治区，
原有三场职工欢欣鼓舞。
三百八十四人[1]群情振奋：
群英荟萃塞罕坝！

扎根

恶劣气候

这是啥地方？
年平均温度在零下，
五月积雪正融化，
春季少雨“掐脖旱”[2]，
无霜期不足六十天，
蒸发高于降水近两倍，
六级大风超过七十天，
四季之中无夏季，
中秋降雪难融化。

曾记得七月新车冻裂车机体，
曾记得长冬电线昼夜陕陕响，

注 1：据第一任场长刘文仕回忆林场人数为 384 人，对 369 人这一数字没印象。
注 2：从 4 月下旬起干旱，一般接续到六月，易致幼树旱死。

曾记得奇寒冻灭汽车人暂离；
泡子冻透成晶体，
冰融浮鱼泛鳞光。

搭窝铺

建场之初人集聚，
时下最急住不下。
简陋土房挤得将将住，
办公室里夜搭铺，
库房架子上下铺。
横七竖八圆仓里，
“沧州专区”[1]不太挤。

露天饭后搞“建筑”，
上山采杆材，
挖出地窨尺余深，
远去涝岸割干草；
支起人字架，
挑灯上檩绑椽子，
铺草防风压长杆；
打着手电搭床架，
铺上干草床铺软。
木杆绑框捆上草，

注 1：时戏语：“大脑袋国，沧州专区，元氏县。”即大脑袋山和住圆仓。

将就透气挡风“门”。
夜半“房舍”终竣工，
打开行李解疲劳。

卧“床”围巾戴棉帽，
铺上透见星眨眼。
长夜野狼充更官，
清晨老鸹饥饿呱呱叫：
起床了！
起床！
醒来眉鬓挂白霜，
衣服被子镶薄冰，

旧窝铺、低矮的土房子

笑傲塞罕北国天。

原林场，黑土房，
照建不用画房样。
挥汗挖来方草坯，
精心吊线干打垒，
黑泥弥缝挡风墙，
上檩铺椽苫干草，
住进“新舍”有邻居。
窗小门又矮，
进出腰自曲。

举家上坝

领导心系塞罕坝，
建场之初多业举，
目标一致不分心，
哪有闲时照顾家。
表率先行凝聚力，
舍弃城市砖瓦房，
带头把家迁上坝，
一家两间房，
大孩儿睡脚下。

舍去城市好条件，

失去上学好环境；
子弟学校学文化，
生活上有啥就吃啥，
自然生长发育吧。
父辈教育与熏陶，
不见子女特殊化。
领导精心谋事业，
同样无暇来顾家。

孩子毛衣生虱子，
脱下毛衣掰缝抓，
虱子钻进线缝里，
情急抓石垫石砸，
抖起毛衣网眼大。

风波

前十年造林目标二十八万，
平均一年二万八。
缺苗木、缺经验，
整地缺额更悬殊，
杜绝蛮干慎重来。
一边建场房，
一边搞试验，

机械、人工齐造林，
两年造林六千五，
双双失败。

众茫然，
部分干部也心乱。
试验哪能没风险？
一时间思想波动，
关涉林场上下马，
缠绕职工队伍间：
塞罕坝条件太艰苦，
环境慢慢会好转；
塞罕坝环境太恶劣，
造林不活钱白费，
不如早点离荒原；
中专毕业定工人，
干部待遇难落实，
“黄鹤”一只不复还。

党委重视紧工作，
思想教育走在前，
解决技术最关键。
“左”的思想束缚人，
那时怎能没体现？

霎时间，
出了个“反革命小集团”，
法院宣判一个“反革命”，
当年不足二十岁；
“查上当”数人看表现，
均在运动中受牵连。
十五年后平反“小集团”，
“反革命”帽子甩一边，
十七年后落实干部政策，
终于有了家眷。

第三章 攻关

初心凝聚缘塞罕，
开启科技攻难关，
精英投身攻技术，
何惧开弓难，
坚信科技力量！

苗关

原有苗圃近百亩，
周期二年产苗半，
单位产苗两三万，
试验造林三千亩，
缺口至少四十万：
苗木奇缺关绿化。
奔围赴承求苗援，
松花江江南苗圃苗紧急调，
火车汽车还有船，
苗到塞罕坝仍是寒冷天。
若要年造两万八千亩，
造林密度四百四十四，
苗木缺口一千二百万！

全光育苗

尽快攻克落叶松育苗关!
四十号苗圃突破点。
张启恩慧眼识英才，
选中“摘帽右派”李兴源;
五九年毕业东北林学院，
在校“劳动改造”整三年，
六二年随届分配来塞罕。
身背包袱敢上阵，
六四年受任挑重担。

研究之前增措施:
种子处理改雪藏，
适当加大播种量;
改土隔断返碱层，
横行播种改条播，
重点控制地表温，
圃地发芽（率）直线升。

舍弃遮阴育苗旧方式，
全光育苗对高寒，
土贫掺入大粪干儿，

调整碳氮加绿肥。
废弃低床与平床，
改做高床提床温，
播下初心与希望，
缩短种子出苗七八天；
出苗期生长初期小水浇，
防止鸟啄与立枯，
温控不过摄氏三十度。

黎明霜冻熏烟浇水缓，
两个生长高峰足水肥，
后期少氮增钙磷，
防止二次生长破顶芽。
当年每亩存苗三十万，
冻前浇水埋土防抽干。
翌春分次撤土至床面，
放叶之前切苗根；
弱苗增水增肥得保全，
木质化之前紧修枝，
一律上揪或用剪枝剪。
全光育苗省工二十个，
节省了遮阴物资钱。
苗木“大脑袋、矮胖子、大胡子”，[1]

注1：壮苗的俗语标准。

亩产至少七八万。

樟子松再引种！
樟子松引种内蒙红花尔基，
育苗试验一百四十平方米，
越冬苗全都风吹干。

一九六四年再引种！
幼苗出土就见高生长，
足水足肥保苗全，
间隔期控制在五七天，
高生长三十左右天。

六十年代的苗圃

再引种失败教训刻心间：
越冬埋土防止生理（干）旱，
翌春无风天撤土系成败。
换床移植精细管，
严禁床面土层干。
顶芽发绿便追肥，
生长后期施磷控给水，
防止二次生长顶芽窜。
出圃之前灌足水，
成苗每亩稳拿五六万。
“摘帽右派”李兴源，
施工方案设计显周全，
生产技术指导抢及时。
晚上提灯观察与记录，
科学分析加归纳，
提炼技术拟定额，
制定出《育苗细则》，
全场育苗成规范，
创业育苗首贡献。

“解剖麻雀”

落叶松机械植苗造林，
两年成活没过半，

党委召开专门会，
统一思想认识：
必须技术上找根源，
“解剖麻雀！”
技术流程逐一找关键。

领导技术员工人三结合，
张启恩带队去诊断，
逐地逐环节找原因，
针对问题研措施，
集思广益搞座谈。

松花江苗木如珍宝，
坝上仍是风雪寒，
盖上苫布至少六七天，
白天升温夜猛降，
失水放叶径皮烂。
整地不细棍草土里掺。
翻前切碎灌木与植被，
耙碎采用“双遍对角线”。

宜林地休闲管理二年半。
栽植深浅不均衡，
苗木精准分三级，

植苗板红漆三条标准线；
实行单株取苗投苗法，
根系曝光控制几秒间。
机上苗箱先注水，
升机降机水洒溅，
根系保湿水减退，
泥浆保湿根不干。

植苗之前镇压地，
保墒抗旱抢在前。
抛弃工地苗木假植法，
拖车载苗拖机前。
逐题解决扑向植树机，

李兴源、张启恩、刘琨在塞罕塔

苏式作业缓坡不适应，
切断主梁改成铰链联，
植苗深浅适宜不倾斜。
国产机苗木镇压度不够，
镇压系统加上配重铁，
再改调镇压轮与地面距，
植苗夹装备薄毡垫，
机改主属李庆龙与任仲元。

创业者没有忘记，
原机械林场杨树植树机，
尝试栽植落叶松，
认真走访细考察，
幼林坐落烟子窑前小平摊。

夏均奎毕业东北林学院，
技术为主忠职守，
归纳技术搞升华，
翌春《机造施工细则》制定全，
落叶松机械植苗造林成章法。

攻破造林关

人工造林低成活，

任务涉及五分场，
攻克技术不能缓，
最是“解剖麻雀”法，
张启恩再把主治担。

人工造林大比重，
同样块块细诊断，
边查边议边记录，
查出问题一连串：
整地不细，
春季穴内土层干，
部分苗木质量不过关，
苗木失水，
苗木栽后挤得松，
偏深或偏浅，
工具不佳进度慢。

把脉之后下“药”全，
整地清除根与草，
穴内土层必须松；
“顶浆破凌”植苗抢时机，
苗木全部沾泥浆；

栽植宁可稍浅不能深，

避免日灼伤径皮，
植后覆土少失墒，
施工管理必须严。

刘文仕寻具多处跑，
孙秋烨、金广玉受任研苗锹。
锹重只有二三斤，
废弃苏式八斤锹，
棋盘山打造第一轮。

废弃苏式植苗锹，
因其厚重七八斤；
停用镐头与铁锹，
终止靠山植苗法。
选苏式直立开缝隙，
取镐、锹轻便，
采苗木靠山立中央，
一面稍鼓能脚蹬，
研制出塞罕坝植苗锹。
苗锹与柄整一米，
正好控制株间距。
抢墒保水利成活，
方便易用省力气。

创立“缝隙植苗法”，
俗称“三锹半”。
口诀八字容易记：
深送、高提、埋没红皮。
一日栽植八百到一千
工效猛然增二倍，
成本降低一大半。
施工之前先“练兵”，
掌握要领可参战。

张启恩拟定《人工造林细则》，
强调“严字打头、细字领先”，
规范执行几十年。
育苗、人造《细则》时印发，
《机造细则》技术全，
绿色发展成文献。

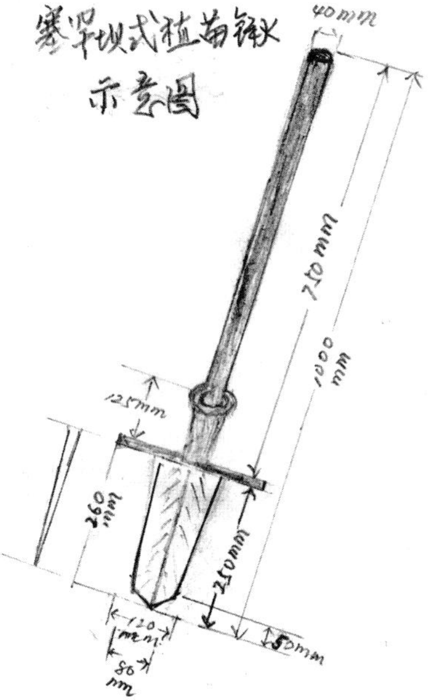

植苗锹结构示意图

第四章 征战

苗木源源

育苗经验在充实，
技术措施涌苗源，
全场铺开新技术，
队伍扩大培训班。
党委果断扩规模，
不惜重金足投资，
扩建增建加改建；
行署专员签字准，
租用农地新圃添。

牛永葆提出新建议：
“落叶松苗高八厘米，
造林就成活，
还可育苗在山间。”
六三年起始山间苗圃接连建。
支个“马架”扎下来，
精心春起到冬前。

榛灌地段土质好，
只花种子除草追肥起苗钱，

几年内创建近十处，
部分替代基地苗圃上山苗，
缓解机造用苗培育增时间，
最长历期十二年，
苗木源源足补充。
高寒育苗创奇迹，
短短四年苗木停外援！

全场苗圃齐奋战，
领导亲身来督战。
职工家属细操作，
清晨奋战到傍晚，
技术指导要求严。

做床细致先打线。
躲开九点起风时，
五更播种抢时间；
滚筒播种播初心，
大筛大逛小步移，
覆土厚度零点三，
及时镇籽防风吹，
细水适中土籽紧，
切忌喷水大水眼。
幼芽出土最嫩弱，

杜绝出现土层干。

防止鸟啄办法多，
黎明至晚专人撵，
狠敲大鼓出窟窿。
幼苗出齐调稀密，
确保苗齐保稳产。

旬年种子多依黑吉晋，
多是寒冬赴兴安，
小旅馆裂缝儿门，
孙秋烨中煤熏，
同学夏钧奎寻医光脚雪上边；
医到返出鬼门关。
年均购种采种四千斤。
十四年自产大丰收，
结束种子靠外援！

《细则》措施坚持做，
改进措施先实验，
技术演进渐完善。
装上人工提水器，
一人两个喷壶累又忙，
家属一日照提九百壶，

鞋湿裤湿光脚丫。
改用手推喷水车，
追肥打药双解决，
劳动强度明显降。

苗木遇雨“泥腿裤”，
及时浇水冲泥裤；
如遇日出潮又热，
机引裤刷褪泥裤，
防止发病蔓立枯。

起苗启用掘苗犁，
掘前苗床浇透水，
少掘勤掘防根干，
棚内选苗细分级，
从始至终水不离，
抖净针叶防腐烂，
数准更要捆得紧；
家属拖孩带崽儿涌苗棚，
十二小时湿手忍阴冷，
手指手背裂口红血筋儿。
按等及时移至假植区。

科研立项投资足，

研制出切根犁、掘苗犁，
自动化做床机，
最喜三不覆播种机，
大幅度解放生产力。

苗木产量万单位，
落叶松当年存苗三十六；
留床成苗十二万，
换床至少拿八万，
樟子松云杉超六万。
初心换来新希望，
苗木源源若喷泉！

落叶松苗木

最高育苗面积六百六十亩，
产苗一千八百六十万，
可供年造林五万三千亩；
最大产苗二千九百万，
足供造林八万三千亩！
再供个塞罕坝造林有何难？
场长说家属能当技术员。

机声隆隆征塞罕

决战马蹄坑

技术掌握底气倍充足，
决战马蹄坑前途最攸关，
决战思想统一，
人力机械物质备齐全。
党委召开决战誓师会。

科室人员全入列，
队伍激情憋足劲，
机车机械排队列，
只待号令上前线。

领导动员铿锵言必胜，
让下马风一百八十度大转弯。

总指挥张启恩，
强调协同作战，
“施工指导必及时，
严字打头细字先，
必须打赢这一仗！”
号令激人心：
出征！
队伍浩浩荡荡，
战旗随风飘扬，
短时间开进阵地。
小头道沟三面环山，
只能从西面突入，
只待冲锋号吹响，
向荒原开战！

总指挥胸有成竹，
犹如指挥大兵团，
指挥旗向东一指——开战！

两个机组六部植树机，
十二名投苗员加备员，
他们之中有上坝六女。
身穿防护服戴风镜，
俨然防化兵，

精神贯注投苗准。
技术员不断大声提醒：
“一次只能取投一株！
根迹对准等级标准线……”
机声隆隆唱初心，
躬身植下绿希望。
半天躬身腿难直，
活动一会儿照样干。

技术员角旗示意指挥长，
小方旗一落机车停。
技术员指导投苗员：
刚才上坡儿苗子歪，
下坡还会歪，
记住：上坡根部稍上扬，
下坡梢部适度向上翘，
苗夹转到手再松，
扬翘盯住标准线！

技术员示意机械技术员，
小方旗再落机车站，
人员疾步走近前，
“这段苗偏深，
调整镇压轮与地面距离；

防止栽植浅，
稍加配重铁，
副驾驶注意回头看角旗，
咱们共把质量关。”

指挥跑在机车前，
横杆吊坠保行距，
控制幼树行直线，
回车地段严掌握，
准确把握植树机升降点。
植行后十几名补救员，
植苗桶装苗、手提锹，
分段作业头不抬，
紧张扶正和踏实，
认认真真调深浅，
过深过浅重新栽，
仔细补栽漏投点。
回旋地段仿照株行距，
缝隙植苗补齐全。

五百一十六亩地，
质量第一植两天。
七分管理更重要，
第一遍从补救起，

人工抚育五遍定三年，
机械锄草清行间，
杂草灰菜莫盖苗。

各司其职汗通身，
全为保住质量关，
全然顾不擦一把，
全成演员黑花脸。
投苗员穿的“厚”，
“防毒面具”把汗捂，
汗流直煞眼。
放叶接近百分百，
当年成活率超九十，
成功啦！
秋季一鼓作气一百七。
翌年成活亦欣喜，
再度成功啦！
塞罕坝机械造林创两季！

一个机组二十四五人，
一班造林二百四十亩，
百人造林作业量，
效率强劲！
落叶松机械植苗造林，

国内成首创！
原苏式机组十一人，
八小时造林五十亩，
效率相差近四倍。

落叶松机械植苗造林一角

扩军

党委又一个一鼓作气，
机务科改置造林机务队，
强化领导增主力。
造林机组达四个，
一九六五年造林万亩地。
技术员任仲元，
研制配备自动给水器，

投苗一株二斤水。
一九六六年接着再扩军，
造林机组达八个，
一茬全是国产机。

抗争

那十年开始了，
造林面积虽增加，
造林施工遭冲击。
外来造反派串联进工地：
“停产闹革命！”
职工奋起抗争，
“别在这儿放屁！
革命不能不生产！”
很快耽误小半天。
中午饭天天在工地，
造反派饿了要分餐。
工人手握工具眼怒视，
群情激愤讽不速：
“我们吃饱了搞生产，
你们空喊革命有力气，
赶紧滚出林场去！”
忠于事业忠于党。
顶住干扰多半年。

曾记得林场学生擦掌身雀跃，
教师带队去参战。
女学生上机勇当投苗员，
余员扶踩与补苗，
人与苗锹一般高。

阴霾在延续，
施工之前学《语录》，
向毛主席像表忠心；
晚上油灯暗光先汇报，
工棚里对着主席像。
汇报之前鞠三躬：
“敬爱的毛主席，
今天工地没搞大批判，
造林面积完成一千一。”
逢批“唯生产力理论”，
机械造林再度伤底气，
进度质量不稳，
降低了成活率。

场长刘文仕被夺权，
被“专政”身体遭摧残，
“劳动改造”锯车间。

小头两人轻巧搬，
他搬大头咬牙豆儿大汗。

副场长张启恩早已靠边站，
意外机车撞骨折，
延误治疗一腿终身残，
十年苗圃敲钟——响耙片。
调入地区局已三年，
一九八二年得平反。
副场长王福明，
出任西陵林管局局长，
同样晚平反。

九年半机械造林占八成，
保存率比前至少降十八。
十六年造林十点五万亩，
保存率只有五十八，
来之何等难。
十六年机声隆隆征塞罕，
三北造林有了依托经验。

动物添乱

当年历者今健在
奋战也出小故事，

列上几则当年情。

坝上昼热黑夜寒，
毒蛇钻进油抽子，
抽进油桶儿直拘挛。
黎明起铺摸腰带，
惊是蛇宿两褥间。
下意识机灵甩出去，
掉在米汤盆里面。
伙夫害怕喊“妈呀”：
“喝吧，涝塔子水在桶里。”

工地学习《毛主席语录》

整地是先行，
时间见征程。
白天翻地狼捡鼠，
蛇进车楼缠档杆，
悠闲吐红信儿，
驾驶员急往车头蹿，
机箱滚烫喷烟呛，
同伴长钳夹出去，
跳下接着把地翻。

机车夜间把地翻，
驾驶重质量，
未闻头狼嚎。
狼群空肚来“跟班”，
捡食鼢鼠饱夜餐，
一拨走了一拨来，
天亮不饱回头恋。
幼树生长有保障，
少见幼树做鼠餐。

千军万马战荒山

战荒山

人工造林战场广，

遍布所属五分场，
计划会议军令状。
职工家属齐上阵，
抓紧雇人跑农村，
紧急设置搭窝铺，
职工宿边把风挡。
车接赶车两结合，
炊具粮食穿冬装，
犹如支前送米粮。

广阔荒原似丘陵，
陡坡缓坡沙土地，
沿坝贫瘠接连长，
大多远离作业区。
主任高声喊“起床了！”

摸黑吃饭五更行！
晚归月光照晚餐！
行路紧赶半天活，
午饭咸菜冷干粮，
餐拌风沙粒，
渴饮泉水寒。

植苗桶内先装水，

装苗最多三百株，
苗锹苗桶轮换提，
工地何止四五里！
勒勒车[1]送苗到工地。

工地先练兵，
操作要领必牢记，
掌握要领进工地。
严格要求讲前头，
注意质量别返工，
莫忙进度忙挪地，
不合格先扣保险金。

向荒山进军！
一拨十几人几十人，
施工员至少领管四五拨，
地块相隔均数里，
不是隔梁就对坡。
本子按行人名记，
出问题领队先负责。
注入了奋斗精神，
植下了绿色生机。

注1：勒勒车即小牛车，戏称“双犄双耳”。

分场领导扎在作业区，
林场领导带队巡回检，
生产科检查不疲倦，
稳稳推进抓质量，
与机械植苗造林成并肩。

远看插锹往后拉，
苗木根系准舒展，
先推后拉违要求，
解剖根系悬或弯，
最晚死在中旱天。
手提苗木知锹数，
近看深浅较显见。

紧接着幼抚第一遍，
扶正调深浅再踏实。
一九六四年造林四千二，
放叶率接近百分百，
成活率百分平均超七十。

苗木保湿创新沾泥浆，
顶浆破凌造林抢水墒。
分场各自为战！
作业区各自为战！

造林队伍浩荡，
磅礴五个分场人遍山，
犹如千军万马战荒山！

保证质量印心田，
施工员提锹探规律，
先造阳坡半阳坡，
续造半阴（坡）岗子地，
最后安排造平甸，
表土有冻待化冻，
免去卡径根子弯。

顶芽放叶现希望，
生机勃勃必绿山。
刘海山毕业东北林学院，
独身调查成活率，
跑丢鞋袜狼追赶，
始终数据兜里边，
腿脚扎划血流连。

落叶松樟子松加云杉，
进度现腾飞，
造林两万三千六百四！
成活率大攀升，

超过百分之八十三！
技术措施广探索：
沙地寻适树，
引种樟子松。
技术渐完善，
幼树抚育五次分三年。
整地冲破只穴状，
反坡、机犁带状、牛犁山。
造林季节得补充，
打破春天只一季，
增加了雨季和秋季，
推动大面积造林。

沙荒造林

谁说坝上造林白花钱?
塞罕坝造林出奇迹!

峥嵘岁月事迹多,
初心建设刻使命,
至今给人留记忆。

我是共产党员

大梨树沟作业区九万亩,
主任卢成亮正月上班去。
修建工棚雇劳力,
接送劳力未进家,
各项生产安排地,
汇报完工作把马跨。
次生林抚育要安排,
数十亩苗圃要过问,
多出好苗木是根基。
造林质量进度不放松,
爬坡过沟一日数十里。

走时妻子怀孕已显怀,
喜讯传到应回探。
“我是共产党员,
此时不能离开第一线。”

雨季结束终回一次家。
推门进了屋，
妻子深惊讶：
黑黝黝脸庞瘦一圈。
妻子心疼猛然喊一句：
“孩子都快五个月了！”
主任眼泪只在眶里转，
“你们哥四个出生我都不在，
实在对不起你们娘几个。”
抱起小四儿想亲亲，
又怕胡子扎，
抱起爱子“摇摇，摇摇”。
又托举小四儿四个“高高”。

照相

阴河场长刘明瑞，
毕业东北林学院，
徒步上山查整地，
项上挂个半导体，
听见地里人争执。

正值主任说：
“行距二米已超出，
穴未揎土必补齐，

返工！”
工头说：
“加钱才能把工返，
已经干了一大片。”
二社员眼尖又嘴急：
“场长带着照相机，
快留个照作纪念。”
工头说：
“照了就返工，
相片我给钱。”
场长将计又就计。

回去上坝借到照相机，
看到整地质量心落地。
工头伸手要照片。
“这个才是照相机，
林场哪能无信用？”
照了单人照合影，
场长也进镜头里。
围场洗像掏腰包，
递了照片手推钱。
“头次为啥嘎巴嘎巴响？”
“头次真是个收音机。”
嘎巴一响京剧《龙江颂》：

……听惊涛拍堤岸，心潮激荡。

家属撇孩儿去造林

娘子军不怕苦不畏难，
林业生产样样都参战，
林场造林任务重，
虽是远途造林点儿，
照样报名铺盖卷，
何止少数家十多岁孩子留守家。
大孩哄弟带熬粥。
半月之多娘未回，
二十余里哥仨步行上山看妈妈，
万幸没在途中遇见狼。
窝铺挤靠粗粮饭，
送上运苗勒勒车：
“妈妈再有半个月就下山了。”

抗争迈大步

阴霾长达九年半，
严重干扰绿荒山。
什么“停产闹革命！”
领导被夺权靠边站。
技术员白天还上山，
夜间带走失自由，

皮肉受苦遭禁锢，
第二天开始遭批判，
生产技术始松散。
瞄准空子蹿上山，
后面人追喊站住。
“我白天上山抓技术，
晚上你们再批判！”
山上藏留暂时免遭难。
绿化荒山践使命，
顶着逆风紧发展。
勒勒车送苗连成串，
硬是生产未中断！

质量进度受影响，
造林发展难稳进，
进度徘徊三五万。
抗争造林三十五万五千亩，
保存二十七万六千亩，
遗憾目标差四千，
艰难探索拼发展！

一九七三年党委恢复焕新颜，
刘文仕重新任场长，
坚持造林拼发展，

进度回升质量添；
一九七五年增建一分场，
进军直指沙荒患！
一九七六年进度续飙升，
人工造林面积七万七，
机械植苗造林五千亩，
巅峰达到八万二千亩！
遗憾保存率曲线呈“马鞍”。

切痛七七和八零年，
三十七万亩遭“雨凇”；
特大干旱旱死十二万，
受灾皆是落叶松。
牙一咬——“旱死再造！”
恒心力量代心痛，
沙地换树种！

绿化沙荒

沙荒地带多风又少雨，
地表植被稀，
穴状整地不抗旱，
落叶松树种不适地。
机犂沟整地增比重，

更换抗旱耐瘠薄树种樟子松，
绿苗上山冬盖土，
一次造林见成功，
抚育管理成本低。

时间已是一九八二年，
绿化沙荒仍重点，
沙勒当林场任务一万二千亩，
劳力全是中学生，
数量超过三百员。
窝铺需要二十来不及，
紧借牧场空羊圈。
赶紧清扫搞卫生，
数个窗框钉草帘，
埋桩钉架做草铺，
圈内草床四纵排，
瓦房远超创业年。

施工员仍然挡风住门边，
准备打狼和壮胆。
日日四上四下陡沙梁，
单程超过二里地，
工地近十（里）往与返。

雪未化净已五月，
时遇风雪及阵雨，
棉衣棉裤鞋帽湿，
假使收工无备衣，
分场人员同坚持，
紧咬牙关坚持造，
硬是超额面积一千七！

一九八二年超额总任务，
京津屏障扎塞罕。
党的领导坚信念，
创业精神使命感，

机犁沟整地的造林

艰苦卓绝讲科学，
迎难而上谋发展；
三级管理人为本，
珍惜投资集中用，
从未撒过胡椒面儿！

第五章 抗灾

“雨凇”救灾

降灾

刻骨记得，
一九七七年十月后几天，
阴云密布弥塞天，
降雨伴同寒风朔，
谁料灾魔袭塞罕。
咨询知遇雨凇降，
发生极少超百年。

林草纵匕丛，
通讯中断二百六十里，
铁线挂冰直径十厘米，
折断六百六十六电线杆，
三米树高挂冰二百五十斤，
折冠折干掘出根，
彻夜咔咔如枪战，
满山银甲现冰川。
雨凇殃及五十七万亩，
人工林足占三十七万亩，
灾重犹如灭顶连四场。

遍山受灾景象惨，
领导职工泪涟涟。

救灾

党委召开紧急会，
组成救灾指挥部，
场长亲任总指挥，
全场救灾行动急，
六个分场队伍皆劲旅。
机关科室齐出动，
蹚过匕丛穿冰山，
技术措施供部署。
灾地偏远挤工棚，
救灾何惧累和冷，
强军跃跃待冲锋。

次生林受灾二十万，
打破匕丛把路开，
敲掉冰衣弯弓直，
“腰杆”挺直复冲天，
折干掘根巧造材，
迹地更新列计划，
受灾较轻得保全。

人工林救灾更重要。
分类抢救稳执行，
技术措施关前途，
有前景幼林要保全，
两级领导亲监督。

幼树格外要关爱，
轻敲冰衣扶起来，
灾情较重定补植，
折干折冠看高度，
程度严重伐除掉。
受灾较轻不伐除，
换头生长有希望，
留待将来茁壮树；
防止发生病虫害，
林地清理保卫生，
忍泪磨难探索路。

救灾清理连三年，
期盼幼树直身段，
期盼灾林换新颜，
精心施救付心血，
磨难就是续资源！

科学除虫

针叶纯林虫害潜，
七十年代开防路，
发生即见猖獗性，
定是除虫持久战，
科技支撑伴征途。

预测预报绘展图，
施药适时早小了。
躲开晨风喷烟雾，
结束未见日东出；
喷药人工加机械，
绿树生机见落“雨”！
小看每株虫数千，
轻松防它数万亩。

原有虫种加新种，
研究生物学和习性，
抓住规律定方案，
大面积发生稳应对；
首次超低容量新科技，
高效低毒效果佳，

航空防治广灭敌。

四更起，插标旗，
防止错飞漏飞区，
配药细心又迅速，
气象观测预报准。
四五月帐篷冷办公，
总指挥沉着统全局。
避开不良风时空，
一个架次防治超两千，
二十余万亩小半月。
虫口夺回资源千千万，
林分茁壮增蓄积。

谢国峰调查虫害

第六章 经营开篇

经营次生林

残次林分是资源，
建场之初摸索干，
始起建立标准地，
留待时间来检验。
张启恩带队走出去，
杨林子搞起样板林，
全场抚育超四万。

阴霾蒙蒙废科学，
什么“次生林别管它”。
逆风科研搞协作，
省林科所来协作，
漫漫四年出成果。
经验坚持应用于生产，
期间成为地区协作员。
十年抚育二十二万亩，
甩掉残次旧帽子。
续立课题攻坝上，
封山保护面积添。

陈年迹地加改造，
更新造林同样难，
整地反坡或长穴，
防止沤苗靠外栽，
幼抚采取“二二一”，
割灌五年搞三遍，
萌生灌条留直壮，
针阔混交连成片。

经营开篇

人工林梯次成林片连连，

迹地更新的林分

亟待科学经营，
甭管他“文革”禁科学，
阴河林分研究走在前。
王学权勇闯搞科研，
标准地研究开体系；
翌年研究升等级，
总场赵志成来领衔，
科研生产结合新开端。
赵志成，正当年，
毕业北京林学院，
师从专家关君蔚，
留校执教转塞罕。
饱学知识敢作为，
未见学者架子端。

踏查林分精筛选，
采用林木分级法，
疏密度法固定标准地法，
三种保留密度设计全，
三种疏伐密度观效果，
观察定期待结论，
目标高产利生产。

依据保存密度定伐株，

公顷保留断面积。
十五平方效果好，
材积生长百分之六点四，
生长率超过百分之八点三。
疏密度法保留零点七。
若是林分全郁闭，
相同树高最大断面积乘以零点七。
间伐起始年龄十七年。
成果应用生产促进度，
成套技术得检验。

大面积林分逐郁闭，
下部出现枯枝层，
影响设计与施工。
修枝不能盲目干！
修枝高度先试验，
最佳高度一米五，
增利防火和防虫。

科研坚持走在前，
科研基地建立足投资，
连续攻克二间三间关。
确定间隔期，
编制《落叶松一元材积表》，

制定《落叶松合理密度表》，
人工林经营基础奠。

一九七三年河北林专师生来实习，
场校挂钩第一次。
蚂蚁窝铺单程二十五里。
《落叶松造林适宜密度表》
《落叶松不同密度级的郁闭年龄表》
《地位级表》利造林。
《落叶松一元材积表》，
林分经营姊妹篇，
更利长远经营年。

标准地体系续稳健，
其后扩至数百块，
落叶松成林路子宽。

一九八二年研究续成果，
下层疏伐法，
公顷断面积保留达十九，
蓄伐强度百分之二十五，
起始年龄十八年；
确立按平均胸径径阶，
编制《落叶松间伐保留密度表》。

增加了经济效益，
实现了林木生长最佳。

疏伐技术易掌握，
经得实践来检验，
施工员打号最多只两次，
布局合理粗壮直。
最大进度两万四，
经济效益渐增加，
林分优质日明显。
落叶松人工林稳经营，

赵志诚研究林木良种（右 1 赵志诚）

经营水平国内居领先。

育苗造林经营三管衔，
技术、管理连连篇。
赵志诚李兴源王学权张硕印，
挑头整理炼精华，
创业阶段出华卷。

第七章 防火保林海

防火与造林同起步，
没有经验探索路。
建起防火瞭望楼，
护林员巡查趟山路。
曾记得建场前，
孟继芝巡山风雪迷道眼，
冻掉两条腿，
当年十九岁，
走路假肢吱嘎响。
防火隔离带秋季翻，
磁石电话通讯长短数。

幼林猛增防火责任添，
组建护林防火委员会，
一名副场长抓防火，
着手防火制度建，
“戒严期”前先部署，
检查隐患控火源，
大风天息火——吃炒面。

成立防火指挥部，
专职人员近五十。

作业区巡山添力量，
专职人员增起始。
巡查细致不辞苦，
检查站，严把关，
宣传耐心不疏忽。

原有隔离带百公里，
习惯称“国线”，
隶属围场林业局，
雨季火烧秋机翻。
全场增带足给钱，
管理全部用机翻。
七十年代初增逾二百里，
带宽多至三十米，
防御功能强有力。

建场瞭望楼建三处，
至高监测全纪录，
增至五处扩辐射，
配备高倍望远镜。
检查站十余处，
那个年代锐减半，
春天来了全恢复。

护林防火宣传形式多，
护林员早出又晚归，
村口路边贴标语，
走村串户做工作，
防火公约逐家送，
门牌、防火灰坑家家设，
队队户户都注意。
全场层层搞联防，
会议扩及到三级。

木质标牌路边竖，
学生社员都注意。
设置石质标牌四十组，
犯了“风水”遭损坏，

上世纪八十年代防火瞭望楼

完好标牌移到坝上去，
铁质门型宽过运柴车，
春季大风天数多，
领导重视亲“出马”，
高音喇叭绑上解放车。

八十三号农民阎起三，
义务宣传检查二十载，
老当益壮不泄气，
风天升起黑警旗，
为了林安和丰年。

护理员寻护山林

解决困难不吝啬，
资助义务护林员。

二十年森林无火灾，
生产建设得安全，
全国护林防火先进单位挂锦旗，
金笔整十只，
一台收录机。

第八章　后治窝

建场时党委定原则：
“先治坡、后治窝，
先生产、后生活。”
二十余年守原则。
房舍建筑多草创，
少量结构砖瓦石，
举架矮窗小低窄门，
高个进屋头顶磕；
地基几年风沙埋，
铺地黄土窗糊纸，
冬长取暖土火盆。

党委恢复重生活，
原则稍动有调整，
“现在看着不洋，
十五年后看着不土。”
作业区办公建瓦房，
住宅上瓦换墙体，
危旧重建得逐步，
屋地红砖替黄土，
居住宽敞玻璃窗。

建房量低积“欠账”，
林业建设处处需要钱，
全场职工深理解，
绿色发展位第一，
效益好转盖新房。
投资不足一百七十万，
仅抵造林投资之十一。

不是尾声

塞罕坝人印初心，
爱岗敬业抗艰难，
脚踏实地创伟业，
坚持科学拼发展。
艰苦创业记使命，
二十余年织林海，
筑起京津风沙障，
绿星陨落在塞罕。
荒塞披绿惊环宇，
卫星遥感长城延。

二十（一）年理财重管理，
国家投资三千三百五十万，[1]

注 1：额定投资 2084 万元，余为国家经济好转至 1982 年不定年不定数拨给。

二十年增财投绿化，
自筹资金一千二百六十万，
财务管理积经验。
使命至上，
艰苦创业，
绿色在发展，
使命必延续，
改革创新在明天！

使命延续篇

阔步跨入一九八三年，
塞罕坝转入经营期。
精神抖擞思路换，
创业精神再发扬。
绿色宝库增资源，
京津屏障位不移，
区域发展大格局；
分类经营推进器，
五大战略和谐展。

石质山绿化效果

第一章 改革创新

改革

壹

一期经营搞改革，
机构调整改并撤，
启用新人扶上马，
森林保护建公安，
增设资源管理科，
生态旅游初建制，
林区经济待搞活。

承包经营搞试点，
林业生产行五定。
责任制承包方式添，
营林区经营承包制；
夫妻承包防火瞭望楼，
双职工带子上高巅，
艰难镇守十二年。
张省承包营林区，
全家八口齐生产，
绿化成活近九十，
中宣部长探望进深山。

坚持改革促发展，
林场承包定方案。
动员会议广招标，
投标治场与答辩，
领导小组严把关；
实行目标管理制，
两轮承包整六年。
承包租赁如云涌，
精神面貌换新颜。
竞争上岗双向择，
人均创收超十万。

公交企业破“三铁”，
汽车队职工搞承包，
三年承包连创收，
还清贷款高积累，
二十台新车进车队。

贰

坚持经营再创业，
创业精神一线牵。
提炼创业精神十六字：
勤俭建场　艰苦创业

科学求实　无私奉献。[1]
精心组建宣讲团，

全场巡回搞宣讲；
设立王尚海纪念林，
《塞外绿洲》电视宣传片。

狠抓经营创一流，
人工林经营主线牵，
生产、行政十几项，
考核定量百分制。
市场疲软投资窘，
几乎“断奶”举业难。
一路双增双节，
“再过几年紧日子！”
一路提升造血功能，
改革推动广开路，
产业结构再调整。

上马中密度生产线，
第二产业扬龙头；
创建国家级森林公园，

注 1：1990 年总场党委提炼的塞罕坝精神。

绿色产业开新路，
组建旅游服务公司，
择优录用待业小青年。
保护与开发重协调，
发展林区养殖业，
着眼山野富资源，
山野特产供游人，
重在效益深加工；
策应旅游大开展，
商店饭店如春笋，
销售收入数百万。

新式防火瞭望楼

以林滋副业，
以副养林谋发展；
年均造林一万七千亩，
自筹资金如地涌，
最大自筹五百二十万。

叁

调整思路观念换，
年轻朝气事业兴。
班子建设年轻化，
全场会计大调换。

陈锐军一家在旧瞭望楼

强化管理严审计，
生态旅游建公司。
林区诞生塞罕城，
美化硬化气象新。
五街二路网格化，
强化治理脏乱差，
市政管理现新容。
住房改革启新程，
山下生活建楼房，
集资建楼选县城。
原汁原味搞“三讲”，
提高党员先进性。
实行年终搞述职，
优秀称职公众评。

创新

艰苦创业再发展，
初心激发使命感，
创新驱动生命力，
深入改革不间断。
重抓党支部注活力，
传统教育持续展，
营造党员团员示范林；

创优争先众党员，
二次创业著新篇。

各业发展争朝夕，
定位京津屏障摆第一。
目标明确：
增加林分重质量，
优化结构促发展；
生态绿化塞罕本，
五大战略生态先。
经营强场产业兴，
主线牵动宏图展；
立足协调拼发展，
稳树科学发展观。

壹　完善保护机制

万顷林海岂容火，
保护与经营并重要，
首要关键抓宣传，
各项制度逐完善，
“六落实”改“六抓”。
扑火队伍重打造，
网络监控扩空间。

贰　生态建设筑根基

生态建设筑根基，
建设省级自然保护区，
晋升国家级自然保护区。
经营分类机制新，
分类施策跨越级。

叁　分类经营双效益

保护区机构稳运行，
制度措施稳大局。
六十三万亩公益林，
自我恢复与调控，
合理措施来干预，
保护生态增效益。

四十九万亩商品林，
科学经营保根基。
严格控制耗蓄积，
利用培育双并举，
集约经营高效益。
持续发展关大局，
打破培育中小径级材。
商品大苗供城市，
绿化工程创效益。

木材销售盯市场，
木材销售尺改立方米；
标底公布供竞价，
销售方案加广告。
北曼甸林场创先例，
一次超收七十万，
销售创出五记录。
你追我赶四林场，
单价累超二百元，
高比超收称“天价”，
楞场清空无存余。

肆　生态旅游见效益

国家级森林公园，
产业发展新战略，
累计投资超亿元，
吸引投资破十亿，
打造品牌国家级，
森林公园提品级。
塞罕城建设大步伐，
抓住生态旅游大契机，
融入经济发展大区域，
年年见到高效益。

伍　生态效益

阻沙保水数十年，
凸显生态有效性，
课题纳入 GDP，
资源评估与核算，
多种计算果一致：
每年供水一点四亿吨，
固碳新增七十五万吨，
释放氧气五十五万吨，
体现森林三效益。
国家投资两个亿，
资源价值二百零二亿！
一米一株来排开，
缠绕地球十二圈！
权威发布寰宇惊，
生态绿化惠民举。

陆　建路网

原路难行显“瓶颈”，
打破瓶颈才前进。
交通引领经济大气魄，
交通优先发展大动作。
国家标准敢追求，
网路建设显创新。

道路规划立工程，
五个结合建路网，
协调推进责任人。
总场辐射六林场，
林场辐射营林区，
林道发达易进林，
协调发展多功能。

柒　坡与窝新内涵

创新增内涵：
“山上治好坡，
山下治好窝；
山里好生产，
山外好生活。”
安居工程续，
集资续楼建。

林场办公设施楼房建，
职工住宅公寓耸高原；
“光明工程”启有序，
煤油灯送进展览馆，
营林区设施大改观。

捌　创建新机制

事业发展靠人才，
培养送入大学里。
选拔重用公开化，
岗位竞争择优用，
末端问效强使命。

借助高端协作多，
科技创新请进来，
课题攻关增成果。
应用生产显功用，
促进协作课题多。

强化管理积经验，
创新机制提素质，
经济效益最大化，
《制度汇编》集大全，
行之有效显发展。

微机培训网健全，
塞罕坝林场建网站，
办公效率大提高，
减少会议减文件；
创新办公现代化，

“三网融合”大提速，
效率高速动车穿。

塞罕高拔多风天，
借助风能上项目，
签署开发合作书。
开发风能源，
风能变电源。

重视宣传与教育，
创建塞罕坝电视台，
宣传通讯创新意，
创刊《塞罕坝播报》，
高原奏起《塞罕绿笛》。

玖　基地教育

生态建设半世纪，
成就蜚声寰宇传，
源于党的领导好，
国家扶持政策宽；
党委诸届跑接力，
使命神圣铸精神，
松海碧绿连塞天。

塞罕坝林海卫京津，
“水源卫士、风沙屏障”。[1]
中央国家机关思想教育建基地，
再建秀美山川示范基地，
展览馆——
全国爱国主义教育基地，
河北省林业艰苦教育基地，
青少年生态环境教育基地，
实践创新基地。
数个基地陆续建，
揭牌仪式隆重场，
基地挂牌精神闪。

基地教育六个一：
展览馆，
植树园，
《塞罕坝诗歌集》，
精美图书《绿色明珠塞罕坝》，
创业教育纪录片，
报告文学《塞罕坝》。

艰苦创业宣讲团，

注 1：前中共中央常委宋平题词。

首讲省城林业厅，
东行赴山东；
走出林海进京城，
续下南昌城，
西行赴甘陕，
南下上海滩……

塞罕坝精神光环辐射，
参观团取经源源不断。
大桂山来塞取真经，
花开远在大西南；
延安参观塞罕坝，
一团激发十数团，
红色延安增绿色。
塞罕坝精神铸成就，
媒体采播不间断，
图像文字见精神，
卫星传输江河波，
国内涌向国际间。

第二章 生态建设

进军沙荒

京津屏障已建成，
绿化步伐未稍停，
荒山造林啃“骨头”，
沙荒地带挺尖兵，
展开绿化诸工程。

三道河口林场建场晚，
地处浑善达克沙地南，
土质瘠薄风天多，
多年造林少成果，
机械造林保存近一万，
人工重造最多七八遍。
机犁沟整地大比重，
凡属适合必整机犁沟，
回旋地段整槽式；
露天窖撤土分三次，
起风四级停撤土，
赶紧盖土蒙湿帘，
绿苗成活大幅升。
犁沟沙墙护，

一线绿点连。

造林竣后频遇旱，
樟子松存活率年缩减。
副场长李兴元一句如珠玑：
“樟子松造林冬前埋湿土，
防止幼树生理（干）旱。”
植后成活勤观察，
坡根涝地换云杉。
狠抓苗木起调贮，
苗木根系一律泥浆沾；
栽后遇风埋土保鲜苗，
七年绿化面积三四万。
凉饭伴风沙，
数年绿波涛。

农专毕业王文禄，
绿化沙丘艰难路，
大脑袋山必须全绿化。
研究技术动脑筋，
组织编成柳条筐，
樟子松苗带坨来装下，
怀抱肩挑小心运，
定点深埋入流沙，

一改屡造无成活，
一次绿荫固流沙，
“营养钵”造林成佳话。

共青团造林动员会

沙荒地机犁沟整地

向工程造林进军

八十年代划“三北”，
绿色屏障在扩延。
国家重视京津气候再改善，
塞罕坝工程绿化新阶段。
曾记得列入京津绿化工程，
塞罕坝人精神倍振奋，
砥砺奋进再接厉：
“种树就是种精神！
种树就是厚植生态文明！”

壹　工程管理

工程项目接连显政策：
田纪云副总理来视察，
生态农业建设工程续造林；
建设丰产林快步伐，
启用世界银行贷款搞工程；
邹家华副委员长来视察，
确立“再建三个塞罕坝”，
京津周围防护林重点工程。
回良玉副总理来视察，
国家林业局局长概括塞罕坝精神为五项。

接续大苗销售建基地，
樟子松云杉源源供城市，
支持了城市美化工程。

政策和投资支持塞罕坝，
九五年工程陆续启动，
昂首挺进把世纪跨。
组建工程造林办公室，
副科长王文禄担重任，
专门负责抓工程，
出台《工程造林管理办法》。
接任制定《工程育苗细则》，
优质壮苗新标准。

全场会议庄严倍隆重，
领导讲话更庄重：
机会难得要珍惜，
艰苦创业再创业，
发扬传统践使命。
王文禄激昂宣布：
塞罕坝工程造林启动！

栽树成活下工夫，
樟子松苗高先上调，

锦鸡花棒加柠条。
设计验收全实测，
工序评分破情面，
百分制考核细管理，
“一票否决”硬指标，
严把工程质量关。

三道河口林场巧增速，
冻坨取自幼密林，
高度皆选米上下，
栽入冻坑填土绑支架，
浇水渗后覆上保墒土，
成活百分之八十五，
“窗口工程”闯新路。

高科技造林增含量，
示范推广三林场。
基土配入草碳肥，
营养杯装苗再驯化；
鉴于成林抚育收入低，
密度最小一百一。
建场之十覆盖率，
生态绿化加保护，
至今覆被（率）七十二。

人逼沙伏沙源缩，
沙勒当围绿装披。

第三乡林场邓宝珠，
低湿地整地筑高垄，
抬高栽植土一层；
防止成活下降受影响，
十行中一行栽双株。
脑溢血两次未愈逃医院，
荣获全国绿化奖，
全国绿化劳动模范。

再造“三个塞罕坝”搞精品，

邓宝珠在工程造林地

给足投资保生产，
典型设计成样板；
苗高超过十厘米，
十五厘米以上定Ⅰ级；
省厅在场召开现场会，
好上加快带全局，
平衡提高成活率。

贰　经验上国际

一九八九年联合国在华举会议，
国际干旱半干旱地区防护林是专题，
原定塞罕坝设为分会场，
赴塞歧路赤峰站。

王文禄检查工程造林苗木生产

外国同行东坝梁头赞林海，
竖起拇指探经验；
樟子松林至少二十万，
幼林成林取经加拍摄，
再竖拇指更赞叹，
恋恋仰头深深叹天晚。
《塞罕坝林场育苗造林经验》，
载入会议《论文集》（英文），
塞罕坝生态绿化经验传。
第二届会议举办在巴西，
林业部提前发请柬。

第三章 科学经营

生态第一位

京津屏障功能要升级，
夯实生态基础尤重要。
省级自然保护区，
设立机构立章程，
狠抓实施严管理。
建立国家级自然保护区，
公益林比重规划达六成，
建设守章程，
依法搞管理。

野生动物禁狩猎，
动物繁殖复类聚；
禁止刨药采集花，
植被恢复百花艳。
金莲花资源广恢复，
恰如
“京中白塔银钻钻天，
“坝上金莲金钉钉地”，
又现金辉望无边。
增加幼林地，

举目无牛羊；
预防虫与火，
恢复生态不动锯，
资源冲刺五“A”级！
生态立场大战略，
经济发展显生机。

经营

大面积人工林晋级，
亟待合理抚育管理，
技术和管理渐完善，

樟子松生态效果

合理密度显关键。
促进生长增效益，
蓄积消耗严控制，
严控间伐间隔期。

审批设计走出去，
深入现场搞审批。
一审基数准与否，
二审保留密度与质量，
三审采伐蓄积超与否，
四审支出与效益，
修定汇总报厅批。

省厅批复才施工：
施工采伐木先打号，
选取弯弱灾害木，
密度布局重合理；
伐根高度与地平，
严禁伐优和越界，
枝丫拖出分堆聚，
合理造材提效益。
生产过程重检查，
百分考核搞验收，
年年评比争红旗。

樟子松林主要分布沙荒区，
九十年代中期进入间伐期。
间伐执行《合理间伐表》，
为防大风毁林相，
生态效益摆第一，
同径级降低一径级。
材质远低落叶松，
经济效益远不及，
生产支出同于落叶松。
造林密度得反馈，
密度稳定一百一。

抚育后的混交林相

改造自然半世纪，
中间利用显回报。
第一个森林经营期，
年均抚育间伐超万亩，
亩产杆材（零）点三个立方米；
二期年均四万八千亩，
最多达到六万二千亩，
亩产零点八个立方米，
四十年间伐亩次超百万；
近年利润颇丰以亿元算，
收入高比投入再生产。

抚育后的落叶松林分

培育大径级

林场尚存古松树，
伐根化土径米四，
茁壮白桦直径超半尺。
袁松坡《围场的过去和现在》，
《地理杂志》曾报道：
辽国采树三十六万五千株，
运到沈阳建宫殿。
九十年代《承德群众报》：
天安门城楼三根巨木挑大梁；
上船冲走一根木，
知府脑袋滚一边。
大径级火燎残桩仍常见，
大径级需求趋势更显见。

冲出中小径级观念！
改变林龄结构，
给力持续发展，
挖掘资源潜力，
追梦塞罕坝“古木参天”。
瞄准市场前景，
确立大直径培育新课题。

樟子松引种早已成功，
茁壮成长已愈五十年，

最大直径超过一尺半，
固沙林相亦浩瀚，
栽植广布三四个林场。
引进红松搞嫁接，
调整结构待检验。

大龄级落叶松林分

第四章 强力保林

持久战

针叶纯林灾情潜，
森林虫害年年延，
虫情预测预报做在前，
测报数据供决策。
林业部定为国家标准站，
国家级森林病虫害中心测报点。

高效低毒施农药，
人工机械相结合，
何惧小虫山上吃！
喷药熏烟加飞防，
盯住防治虫口减退率，
年复一年防及时；
持久战连打几十年，
人防最大面积十六万。

害虫面积大爆发，
虫口密度最高条六千，
谢国峰专研生活史与习性，
数年研究驻林间，

器皿全是罐头瓶。
从容准备胸有竹，
《方案》设计显周全。

两种药效试验提前做，
速灭杀丁乳油六毫升；
生物制剂配尿素亩五克，
农用飞机加注超低容量，
虫口减退率九十三。
引用 GPS 新技术，
防治灾林不漏偏。
自筹资金加省拨，

采用农用飞机防治森林害虫

亩计划一元八（角），
实际节省两角三，
五次飞防次次捷，
林分生长报平安！

《制度》改革——
防治目标管理法，
重点推行“防治效果承诺制”。
预测预报防治定《规程》，
重点虫种黑名单，
规范管理步伐省级跨。

防火保驾

壹　强化措施

防火形势刻严峻，
关系到绿色发展，
关系到科学经营，
关系到各业开办，
关系到林场衰兴。
防火与经营并重，
制度严谨逐完善，
改革措施势必行，
首先思想过得硬。

森林防火重措施，
推出“六抓”效力增。
防火组织，
责任制，
宣传教育，
设施设备，
规章制度，
预测案件。
领导问责新机制，
坚持承包责任制，
出现火灾“一票否”，
推出百分制达标制。
场长责任制强意识，
防火实现制度、规范、
标准、目标四个化。
全场护林防火声势先。

贰　运作

视林分和地形来拓宽，
沿路两侧人锄草，
隔离带布局慎调整，
总长超过一千二百里，
隔离带网全（场）贯通。
固定宣传标牌六十组，

提示行人先醒目，
防火意识肃然生。
瞭望楼增加至九处，
楼层升至四五层，
定时瞭望现代化，
监测全方位，
延至友邻境，
交叉检测准确性。

宣传指挥车取代解放车，
巡检马匹摩托车，
灭火机械多功能，
二号工具相匹配，
隔离带翻打设备好性能。
磁石电话成过去，
程控通讯代载波，
电台手机全呼应，
线路总长一千四百里。

突出机械化，
机动性，科学性。

雷达预警，
视频和红外线雷达探警

——成系统；

预警监测，
视频调度和统一指挥
——成体系；

专业化，
机械化和现代化
——成一体，
防火指挥中心统全局。

叁 感人事迹

护林员巡防顶风寒，
清明半夜出发蹲坟点，
五月干旱少青草，
四月天气哪能好。
棉大衣薄不御倒春寒，
两腿蠕动搓手脚。
劝阻祭祀不烧纸，
摆上供品即尽孝，
等到端午祭纸烧。

敖包地带林浩瀚，
北与内蒙相毗连，

敦仁镇远神祭祀地，
高燥风大高火险，
四季行人必宣传。
废车棚子埋半截，
上压重石防刮翻，
李庆瑞蜷居当宿舍；
病魔缠身无怨言，
魂驻茫林二十五，
撇下妻儿众悼念。

瞭望楼孤苦人难见，
陈锐军夫妻勇承包，
忠于职守十二年；
面对记者敞心扉：
“事业神圣，我心不孤独！”
呼喊、林涛两相伴，
报警准确林场免大火，
全国护林防火先进个人；
爱子说话都不全。
艰难岗位数接力，
刘军夫妇又已十二年！
托举着绿色发展。

赵福州，瞭望员，

长子出生天高巅，
次子七个月早产亦楼里，
茫茫林海印婴声，
五年转驻检查站；
小东阳义务检查员，
复员跨进总场扑火队。
神圣职业人忠厚，
赵福州瞭望又已十三载，
夫妻两鬓斑白寄林安，
在业能有几个十八年！

检查站，常宝玉，

刘军夫妻坚守瞭望楼

行人检查不漏一，
行署专员不免检，
专员到总场夸负责。
“一夫”当关控火源，
平凡岗位显爱岗，
省级模范防火检查员。

打造扑火队

党委重视防患然，
建设专业队伍狠抓班，
立足扑火绷紧弦，
队伍超过四百人，
专业扑火队伍常演练；
退伍兵配伍棒青年，
生龙活虎七十员。

批次培训提素质，
知识思想基本功。
专用车辆勤保养，
工具机械常修检，
工作生活军事化，
演习如同真扑火，
警校联演积经验。

友邻火灾急速到，
冲锋陷阵灭火焰，
显出素质很善战，
联防联扑续新篇。

坚持联防强意识，
感情投资增力度，
四季防火警钟响；
三盟一地联防六十年代起，
扩至京津晋冀联防区，
会议召开在林场，
经验再播四省市。

第五章 生态旅游

追溯到一九八三年，
中宣部长视察来塞罕，
林场掀开旅游第一页，
游人蜂拥车马连。
森林旅游重议程，
建立皇家狩猎场，
国家四十景区有塞罕，
更喜生态恢复好景观。
一级旅游资源理当然，

荣获省文明建设范例称号

建立国家级森林公园，
第三产业盎然著新篇。

规划

领导带队走出去，
引领省部专家搞设计，
定位华北著名旅游区。
优美景点一百余，
规划六个大景区。
设立经济开发公司，
摸索行业化第一步，
开业伊始见效益。

转换思路谋大事，
建立森林旅游开发公司，
河北省生态旅游示范区。
综合治理脏乱差，
绿化美化加亮化。
“三高”最终要效益，
外出考察学管理，
当年门票一百二十万，
服务收入数十万。

品牌宣传

田纪云誉为“绿宝石”，
打造塞罕创品牌，
经营原则定在前，
组建运营创效益，
形式丰富搞宣传。

“九九”森林草原节，
显示公园景观多风采；
参与旅游促进展示会，

中国最佳文化生态旅游目的地牌

多方联系专业搞洽谈，
设立天气预报咨询台。
资源展示显档次，
宣传旋转京津多学府，
全国旅游交易广宣传。

中央电视数套播，
媒体报道滚动连；
宣传资料配图片，
全方位，多层次；
森林美景连天碧，
草原花海光耀灿；
气候宜人多忘返，
年年计划皆超员。

打造

强化思想谋发展，
《总体设计》再完善，
科学权威可行性，
重协调建设新景点；
发展实施高要求，
目标定位高起点。

塞罕塔雄伟接蓝天，[1]
六角八层仿古建，
搭乘电梯速上下，
塔顶可容数十员。
东向放眼，
绿波涌动碧连天；
南望青山如黛，
遥见围场锥子山；
西向瞭望，
森林草原绿如毡，
七星湖泊闪龙眼；
北眺林海满莽原，
游人浮想连连翩。

亮兵台凸起如卧虎，
康熙平叛驻前线，
战将如云皇钦点。
战旗指向噶尔丹，
数十万亩林涛喊杀声，
横扫叛军破“驼城”，
乌兰布通战过三百年。

注 1：进入 21 世纪重新建筑。

木兰秋狝文化园，
犹如目睹清秋狝。
康熙戎装猎最多，
皇孙乾隆记最全。
《塞罕坝赋》巨石镌，
惊世业绩赋词赞。
娱乐节目连台演，
游玩娱乐三千人，
年待游客几十万。

金莲映日观赏园，
金辉争日色，
黄灼掩风枝，
花开金闪黄袍色，
避暑山庄如意州映日今再现，
撅尾巴河松桦广草滩绿淹没，
只见水车转。
饮金莲花茶提神清，
喝一碗奶茶悠味鲜。

滦河源头涌出林，
蜿蜒曲回舞玉带，
漂流安全好去处。
水质纯洁无污染，

水利部长来视察。
认定滦河源，
引滦入津净水源。

七星湖湿地公园钛光闪，
植被结构四群落，
湿地文化与科普，

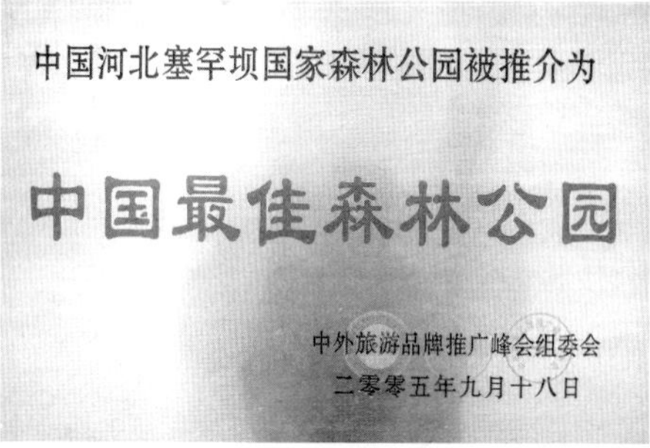
中国河北塞罕坝国家森林公园被推介为

中国最佳森林公园

中外旅游品牌推广峰会组委会
二零零五年九月十八日

中国最佳森林公园

保护建设投巨资。
七湖天眷布北斗，
桥栈榭台连码头。
美景游观线路连，
快艇遍游水浪翻，
风车点缀木亭憩。
清晰雅致现淳朴，
回转栈道环自然。

整合资源增新颜，
等级质量是关键。
千枝梅观赏严保护，
花卉植物种类全；
冬引滑雪爱好者，
传统业绩展览馆，
景点建设续连连。

蓬勃三产

跨出华夏容大局，
木兰主导思路定。
市场运作促营销，
第三产业宽翼展，
生态旅游四季连。

亮点一

《塞罕氧吧》选入奥运开幕式，
森林与阳光辉映巨幅现。
金秋凉爽旅游节，
摄影大赛，
影集《行走塞罕坝》，
书画采风挥墨笔；
广州北京等地五车队，
越野自驾车大赛，
怡情未尽，
林海穿越汽车赛……
市场营销靓品牌。

亮点二

二零一零年上海国际摄影周
暨上海第十届国际摄影艺术展，
参展四十一国家。
白润璋作品入展引关注，
《塞罕坝之恋》主题成热点，
世界影艺联盟，
美英摄影协会同认证。
塞罕生态建设颖，
旅游开发硕果现。

亮点三

又是旅游金秋日，
十佳丽——
世界旅游形象靓塞罕，
身披哈达挎绶带，
跻身美景彩斑斓，
喜意悠然。
分明梧桐引来洋凤凰，
佳丽悠然走秀漫景点。
主流记者紧抓拍，
人文景观色彩添。

亮点四

生态旅游美名宣，
吸引各业聚塞罕。
第六届围棋大赛定战场，
各路战队稳备战。
未闻冲锋喊杀声，
未见枪响炮声隆，
棋圣国手厮杀酣。

亮点五

塞罕仙景人陶醉，
京城多地旗袍队。

退休职工亦自发，
齐进草原似比擂；
远望仙女戏林原，
近看稳步端庄美，
恰似年轻三十年。
当年正鏖战，
皆是花木兰。

逛城

塞罕满蒙聚集地，
文化悠久丰厚区。
生态文化展新姿，
组建民族演艺队，
打造文艺精品多，
敢与专业比短长。

盛开的金莲花

歌声《爱在青山绿水间》，
民族舞蹈舞翩跹，
年度演出超百场，
游人深有感。
风光赏后享：
马奶酒，手把肉，
不虚此行心悠扬。

建中塞罕城，
面貌续改观。
服务民族化，
蒙古包前燃篝火，
条件舒适赛宾馆，
别墅幽静在林间。
服务大众化，
清洁农家院，
下榻不愁难。
忆昔游客寻榻处，
教室医院空房间。
满蒙商店间挨间，
民族商品种类繁，
特色货物满架橱，
鸡爪蘑菇香味浓，
山珍野味加鹿鞭。

逢遇天气冷，
满蒙服饰添。

怡情夜晚游罕城，
享用烧烤甚方便。
土豆玉米蘑菇烤，
烤全羊、羊腿、羊肉串，
冷拼热炒酒品繁。
街路纵横随意游，
文化广场娱乐多，
首属民族歌舞欢，
华灯多彩靓塞罕。

塞罕美景厚文化，
百万绿波锦木兰，
盛誉频频显品级：
中国最佳森林公园，
中国最佳旅游品牌景区。
《环球游报》推介堪隆重：
塞罕坝国家森林公园，
中国最值得外国人去的 50 个地方，
荣膺银奖。
中国最佳文化生态目的地，
全国生态文化示范基地。

塞罕美景引飞蝶，
摄影频聚金秋节。
抓拍人挤遍山巅，
四季常亮闪光华，
美景胜收镶词赞：
《行走塞罕坝》，
《塞罕坝之恋》，
《使命至上》，
《美哉塞罕坝》！

游人每年增三成，
近年游人超过五十万，
门票收入翻五番！
最高达到四千五百万，
服务收入近亿元。

塞罕塔

第六章 人才与科技

回首创业路艰难，
人才济济续骨干。
天公抖擞青接兰，
科学求实多硕果，
事业发展积经验。

以人为本

带着难题跨出场，
头雁带队广蓝天；
虚心学习勤思考，
结合本场定思路，
积累实用好经验。

注重团队素质增，
理论学习配经验；
注重实践研技术，
定期培训抓时间，
考试拿证才掌班。

党委重视培养人，
事业发展人才连；

送入一流大学去，
林业硕士十几个，
三名博士回塞罕。
青年专家颖二人，
正副高职倍梁山。

营林区生产管理最需强，
知识技能加管理，
党委决议全场生产工作学习型。
实践敦促学习，
学习促进结合实际，
增长才干成风气。
施工员徐文江，
工作学习潜心增才干，
成绩优异崭头角；
首届全国林业技能竞赛拿冠军，
二零一四年荣获全国“五一劳动奖”。

学术交流与积淀

学术活动走出去，
同行来场搞交流，
科学技术必传播，
经验广延生态展。

专业期刊载篇章，
倍超唐诗三百篇，
专业文章频见刊。
赵志成领军搞科研，
成果应用经营人工林，
典型论文起始一九七八年。
谢国峰潜心研究在林中，
数项研究有突破，
两种小卷蛾研究成果国际先，
北京国际交流起于一九八九年。

微机版本《场志》，
业余编纂十四年，
输入 QQ 浏览网。
精华文献十数部：
《华北落叶松造林技术》，
《樟子松常年造林技术》，
《塞罕坝植物志》，
《可持续经营技术开发与试验示范》，
《塞罕坝森林植物图谱》……
全国林业会议在场开，
国家林业局局长誉为教科书。

研究走在生产前，

科研生产同步走；
研究成果国内先，
成果应用进步奖。
场校协作宽桥梁，
打造了全国林业科普基地，
打造了全国科技兴林示范场。

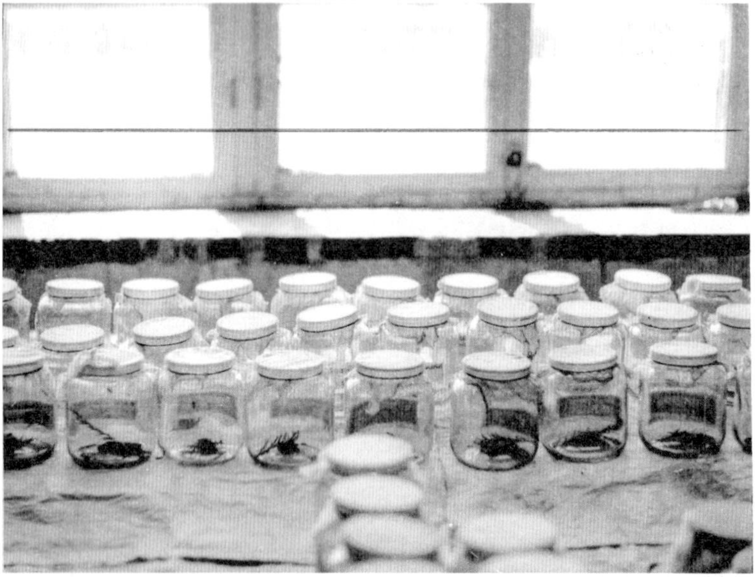

用罐头瓶子饲养虫种

第七章 道路与人居

筑路

数十年造林重又重，
三两条便道艰难行，
营林区分场山道眼儿，
机动车辆难通行，
犹如蜀道难。

忆昔解放车驰围场，
天寒车楼挤九人，
到时幼儿呼吸停。
春节放假解放车，
雪深推挖八里地，
链轨拽车回总场，
饺子就酒领导情。

造林送苗马车偏，
“双犄双耳”不停运。[1]
公路实是沙土道，
车辆运输承载少，

注 1：双犄双耳，即单牛车；蒙古人称勒勒车，多联成串。

雨雪运行更艰难。

交通引领经济新观念，
促进生态建设大发展。
生态旅游好进场，
旅游车队若游龙；
森林防火顺运行，
经济发展惠民生。
交通优先发展，
营林区村屯处处通，
路网畅通无瓶颈。

抓住机遇融大局，
启动道路建设大工程。
总场至坝下主动脉，
路面铺油宽七米，
超过原宽整三米，
国家标准达三级，
盖没主路窄破坎；
条条三级通分场，
锦带飘舞引宽途，
永别了山道眼儿；
总长二百六十里，
一体发展成规模，

公路畅通连邻里。

分场直通营林区，
十八条全部达四级，
十数条等外公路，
全部通到大山里。
公路总长超四百，
架桥设涵三百余，
险阻飞虹变通途。

一步到位显发达，
三级实现道路网。

林内三级公路

主路班车日十趟，
旅游车辆任通行；
小班车顺通营林区，
木材运输路平稳，
高山楞场车隆隆。

塞罕城规划先建路，
五街二路视野宽，
驱车环城奔景点。

人居改观

主要资金投造林，
房屋建筑投资紧。
“先生产，后生活；
先治坡，后治窝。”
房舍投资百十一，
艰苦创业苦栖身。
改革时期稍增资，
结构偏重砖瓦石，
稍解人居住房紧。
改革创新思路换，
自己“窝”中好生活，
实现观念大转变。

“安居工程”跨大步，
人居环境大改观。

鼓励职工自建房，
总场提供诸方便。
水电供暖加通讯，
补助资金数千元，
建起宽居一片片。
“欠账”化无积投资，
投入生产再发展。

老有所居，

县城职工住宅楼

老有所养，
子女就学…
启动安居工程在县城。
集资建楼先三栋，
建筑全部为六层；
二三期工程续启动，
如造林又种十一栋，
七百六十户享优境。

抓住机遇争支持，
危房改造握时机。
第四期工程再启动，
十万平米起高层，
生活区全部移围场！
八万平米公寓建坝上，
务在深山心在公。

配套建设

配套工程在山中，
办公改换办公楼，
条件改观似庄园。
窗户不再钉草帘，
油灯历史不复返；

分场次第建公寓，
危旧房舍成稀罕。
九月寒冷已供暖，
停暖翌年五月天；
上班食堂自助餐，
二代三代好福缘。

营林区，检查站，
生活饮用自来水，
涝塔河水纯景观。
缓解疲劳淋淋浴，
业余生活电视机。

自筹资金添新用，
启动“照明工程”。
分场配合搞施工，
高压银线飞深山，

全国文明单位铭牌

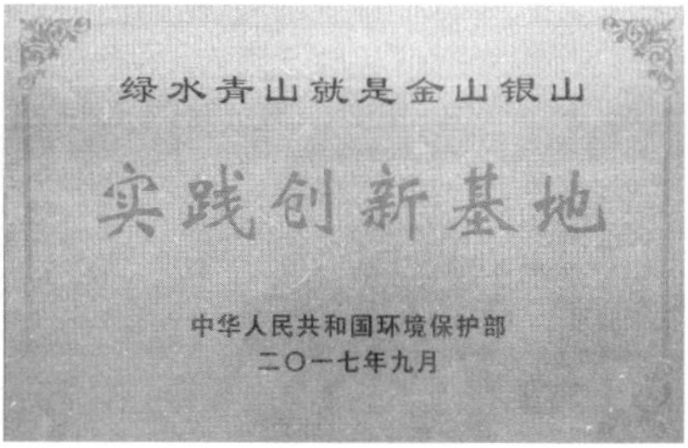

实践创新基地奖牌

开关一按添激情。
新纪又过整十年，
彻底恋别小油灯。

第八章 激情伴追梦

叙事诗难尽言，
忆艰苦创业，
颂扬绿色发展。

塞罕坝人使命至上，
塞罕坝人实现梦想，
塞罕坝人不忘初心！
塞罕坝精神提升：
“艰苦创业，
无私奉献，
科学求实，
开拓创新，
爱岗敬业。”[1]
绿波一百一十二万，
五彩缤纷新塞罕！

塞罕坝发生巨变！
习近平总书记题词更精辟：
“牢记使命，

注 1：为时任全国绿化委员会副主任、国家林业局局长贾志邦，于 2010 年 6 月 5 日视察塞罕坝时总结提升的塞罕坝精神。第三次提炼的塞罕坝精神：忠于使命，艰苦创业，科学求实，绿色发展。在习近平总书记题词之前或之后，未予斟酌。

艰苦创业，
绿色发展。”
六十年艰苦创业，
建成华北防护用材林基地，
筑起牢固京津风沙屏障！
六十年绿色发展，
积累造林和经营经验，
淀积国有林场管理经验！
六十年人才辈出，
为诸多省市区输送人才，
团队铮铮攻坚善战！

塞罕坝生态建设连硕果，
感动了河北！
感动了中国！

区域级荣誉不胜举，
荣誉显功勋。
省级荣誉十几个，
河北省绿化先进单位，
省委省政府生态文明建设范例。
国家和部委荣誉十数个：
全国护林防火先进单位，

全国森林防火实绩单位[1]，
全国农林科技示范场，
全国科技兴林示范林场，
时代楷模，
（两次）全国五一劳动奖状，
国有林场建设标兵，
全国文明单位……

塞罕坝精神就是中国精神！
塞罕坝经验就是中国经验！
塞罕坝经验惊艳了联合国！
惊艳了全世界！
联合国第三届环境大会最高奖：
地球卫士奖。
联合国沙漠化论坛，
颁发土地生命奖，
诠释了中国方案。
塞罕坝为地球系上十二条绿丝带，
向世界雄壮地诠释了中国！

荣誉靓塞罕坝精神，
荣誉是七色光环，

注 1：全国森林防火先进单位，多为三年颁发一次，数次被授予。

荣誉鼓舞担当，
荣誉激励发展！
藐视艰难，
再续绿梦，
荣誉使塞罕坝人唯其笃行！

承袭《塞罕坝赋》，
引数言作忆添激情。
“自古极尽繁茂，
“近世几番祸殃。”
“哀花残叶败，
“惊风卷沙狂，
“感冬寒秋肃，
“叹人稀鸟亡。
“悲夫！”

“百万亩浩瀚林海，
“唯北半球无双。”
“截风沙以屏京津，
“蓄水源而泽城乡。”
“夺世上之奇迹……
“筑人间之天堂。
“美哉！”

“沧桑之巨变，
“英雄尔共创。”
“风雨赢伟业，
“奋斗绽光芒。”
“铸生态屏障更辉煌，
“开现代林业新篇章。”

中共中央重视成就巨，
“绿水青山就是金山银山”，
中宣部长署宣传。[1]
刘云山视察塞罕坝，[2]
深入实际搞调研；
瞭望楼慰问千里眼，
鼓励林场再砥砺。

新时代战鼓擂响！
十九大追梦定调谱曲，
新时代新思想新作为。
习近平总书记视察塞罕坝，
盛赞林场百万亩林海，
创造了世界生态文明建设的典型，
荣获联合国环保最高荣誉——地球卫士奖。

注1：中共中央宣传部部长刘奇葆于2017年7月视察塞罕坝。
注2：中共中央政治局常委刘云山于2017年8月视察塞罕坝。

寄殷切希望，
……继续奋斗，
……推动绿色发展，
深化国有林场改革。
筑牢京津生态屏障。[1]
登上林场至高点，
防火瞭望楼上看望瞭望员，
与瞭望员亲切交谈；
与三代职工代表共谋发展。

感恩党的正确领导！
感恩习总书记！
落实总书记的希望和鼓励！
党委深度谋划，
驾塞罕驭未来，
誓把塞罕坝精神发扬光大。

发展无止境，
创新生命力，
使命引领未来；
征途路正长，
丈夫志发展，

注 1：习近平总书记于 2021 年 8 月 23 日视察塞罕坝。

信林海扩延。

百万亩林海风鹏展翅，

塞罕坝精神永发生机。

“不忘初心，牢记使命。”

持续发展再著新篇！

塞罕坝代表在内罗毕获颁联合国“地球卫士奖”

新木都忆昔

《新木都忆昔》诗体采用了古诗、词格形式。

以诗和词形式，通过事和人，昭示精神状态。

作者熟知塞罕坝创业和发展进程，比较熟知具体事件，力求结合诗韵和词格的要求，审慎用词，诗词脍炙人口，气势添升，启人回味，可谓感人至深。

有的词，采用了“加片”形式，可谓丰富点儿词格形式。

诗章

忆黄仲儒

黄仲儒，副场长，五十年代来塞罕[1]。
悉闻坝上建大场[2]，组织种粮开薄田。
播下麦种为塞绿，抗寒收割连雪原。
颗粒归仓拼昼夜，精净莜麦三十万。
建设大军人涌上，经济困难低指标。
劲头充足战荒凉，定是顿顿吃饱饭。

注1：1958年，河北省政府在围场县坝上建立承德塞罕坝机械林场。谢光任党支部副书记，地区林业局长刘革新兼任场长，黄仲儒任副场长。史称小机林场，主要为今千层板林场、三道河口林场经营范围，计50万余亩。

注2：大场：1962年，林业部建立直属塞罕坝机械林场。1969年末下放河北省政府管理。

忆原机械林场

政府肇建小林场，仲儒六人赴选址[1]。
荒凉无人鸟哀鸣，骑骏飞奔厚冬装。
汽车出围绕刀梁，续绕御道抵坝上。[2]
先遣疾驰十二人[3]，顶风冒雪马鞭扬。
草坯干垒三排矮，蜷身曲就铺透光。
烟窑苗圃开塞育，杨机植苗梦栋梁[4]。

注1：1958年春季，河北省农业厅确定踏查选址，参加人：孙振生、谢光、黄仲儒、李希义、曹明章、葛庆奎。

注2：围：围场；刀梁：刀把子梁；御道：御道口公社、御道口牧场。

注3：十二人：马义生、陆起灵、桂福振、李庆隆、庞雪岭、左振来、黄同群、殷庚午、范德起、闫如录、房滴拉、崔光德（中国籍日本人）。随后可查到的：张敬昌、范林、李增、王少玉、聂廷栋。全员30余人。

注4：用杨树植树机栽植落叶松苗。

塞罕坝创业有感

问君何得碧如海，党委坚毅聚人才。
精英三百八十四，顶天立地战局开。
初心遍播绿希望，植苗洪荒同机骇。
唯有绿屏阻风沙，践行使命木兰再。

塞罕坝四季

春来皑雪凝山原，风吼全无春意暖。
别是野狍熟水道，人马车行寻道眼。
动手准备关键时，筹划安排早生产。

五月造林仍封雪，瞬见融化旱季连。
幼树发芽才出草，暑热无夏夜盖棉。[1]
幼抚整地抚育林，无霜只有六十天。

秋风稍逊春大风，雨过嗖风青草干。
中秋闹节寒絮飘，防寒早已身上棉。
调运贮苗间伐续，越冬盖土上冻前。

冬季雪封仍巡山，皑皑白雪至来年。
凛晨清雪逐日层，寒风摇桶知奇寒。
森林经营无闲冬，总结谋划新一年。

注 1：按气象学标准衡量，塞罕坝无夏季。所谓的夏季，气温属于暑热，冬季属于奇寒，不是高一档次的严寒酷暑。

攻　坚

咬定青山不放松，展根荒原控沙层。
失败更激践使命，煞住喧嚣下马风。

初植落叶松

建场当年即攻山，眼见松苗死前蔫。
领导带队剖“麻雀”，诊断病症对症“药”。
研出塞式植苗锹，提高功效一大半。
《造林细则》人手册，严字当头细字先。
三级检查抢及时，严格验收无情面。
精心栽植高成活，场自为战五兵团。

展　望

塞罕洪荒恃大军，千军万马战荒原。
勿望天公风雨调，气压黄沙绿接天。

晚　耕

颐年新时作诗篇，窃喜乌发银丝鲜。
发向报刊靓精神，叙事抒情加小段。
创业三式[1]近甲子，七色彩虹前雨绵。
遍插劲松塞罕绿，拟向亲历思绪连。

注 1：三式：机械植苗造林、人工造林、容器苗造林。

杨茂林守点

沙丘鸟飞绝，小径踪已灭。
茂林孤守点[1]，独对苍狼雪。
火盆生炭气，休克门未别。
牧夫夜寻暖，救人地气接。[2]
速手摇电话，急烤箱油液。
心急忘药医，车返医生接。
感恩无酒肉，凭证围场街[3]。
《语录》[4]捎五本，谢恩入蒙界[5]。

注 1：二道河口作业点。
注 2：敞开门窗，把患者放在经过铺垫的地上慢慢苏醒。
注 3：城镇卖肉凭证。
注 4：《语录》：《毛主席语录》。
注 5：蒙界：内蒙古。

塞罕七月[1]

塞罕七月续凉春，云高气爽车客群。
接天松涛无穷碧，金莲映日地涌金。
问境何复木兰景，风沙不管频植恨。
科学创业种希望，但得艰辛三代人。
曾记当年新吉普，伏天机体冻裂纹。
窨内笑谈发展快，野菜盐水粗粮陈。

注 1：1976 年 7 月，新车进场，当夜冻裂机体。亲见。

沙勒当春[1]

沙洲千百顷，杨桦若补丁，
整地机犁沟，换树樟子松。
播绿五十载，荒沙绿颜浓，
两河外旧貌，沙勒内清风。
移树植荒丘，营钵增绿绒，
绿梦萦接续，高科克沙星。

注 1：沙勒当：单指三道河口林场；此指 1975 年后。

致游人

君已见茫茫林海波涛追，洪荒塞罕貌复回。
君未见五十余载续青春，朝阳青丝暮鱼尾。
一代三百八十四,二三接涌战歌飞。
塞人初心践使命，与时俱进精进队。

忆艰难，敢斗天，发簇箭，均正中，
壮苗源源供播绿，植树株株扩林源。
次生林分增又茁，屡灭虫族争资源。
经营森林创一流，茫海岂容火发难。

请君为我再倾耳。莜麦粒，粗粮饭，
少野菜，沾盐花，窝铺油灯配星闪。
劲步何止七八里，五更二更早晚饭；
疾风舞沙伴冷餐，渴饮淖水山泉水；
冬衣虱痒满手裂，世人何知当年艰。

遣　怀

机车逆风载家行，西入沙勒探绿径。
十年一觉塞罕梦，沙洲披绿拂清风。

忆造林

出铺日未出，提苗[1]山道熟，
扛锹悄行似，工地数里路。
日出一竿高，站行精植树，
午饭风沙卷，饮泉尽身舒。
赶工至落日，植苗超二亩[2]，
归营过黄昏，晚餐二更鼓。

注 1：植苗桶里装满沾了泥浆的苗。
注 2：一亩植苗 333 株。

三五奋斗情

三更饱温梦，五更望天星；
三代接力闯，五旬塞罕青。

绿色掩沙勒

樟松密布铺绿毡，斧刃赦免必参天。
岭上流沙绣潺绒，环山碧绿为见妍。
强生旱草仰头领，四季听风织绿衫。
生态保护新天地，银山卧底筑金山。

沙荒傍晚植树人

日暮仍躬身，红霞添悠劲。
精植樟子松，创业塞罕人。

查植苗

山岗背净处，观植悠从容，
视其三锹半，质量心有数。
开缝直立锹，投苗脚趋土，
两插锹拉推，半锹敷埫土。
近前验深浅，查根悬与弧，
掘坨掰缝检，检根蜷与舒。
随时进工地，短棍锹缝杵，
先难后刳通，责其重栽树。

勒勒车

勒勒车，蒙古名，造林服务独自行。
一次运苗足两万，紧返载苗捎带羹。
上梁无需踩油门，下梁不用脚刹车，
“双犄双耳”是戏称，“乌尔蹲孙”名排末。[1]
记者闻后神迷惑，坐车之多没享过。

注 1：一条牛俩犄角俩耳朵的简称。乌尔蹲孙：波兰产乌尔苏斯牌单缸拖拉机，颠人厉害。

三季播绿

晚春尚棉攻荒山，抢墒日植二亩半。
机声隆隆醒荒漠，针叶植苗创路先。[1]

人工整地愚公步，荒原机翻狼捡鼠[2]。
雨季植苗多身湿，绿化季节闯新步。

晚秋造林顶寒冷，山上挥锹拼植千。
机造精植后生机，更待雪暖春绿原。

塞罕创业筑精神，初心不忘复木兰。
使命铮铮六十年，最大年造八万三[3]。

注 1：落叶松机械植苗造林在国内成为首创。
注 2：狼群昼夜跟在大犁后捡食东北鼢鼠。
注 3：单位面积为亩。

瓢　泼

林地偌大亩三千，罗盘圈地两头连。
标地未算瓢泼雨，雷隆炸响霹雳先。
冒雨飞窜半时多，全在车里赤臂暖。
手抖香烟点不着，回到驻地仍打颤。

咏干枝梅

（一）

冠圆根扎深，深草掩住难。
秋来洁保色，纤杆风不断。
冬来叶盖沙，春叶换紫鲜。
新芽蓄箭势，花团替干冠。
百花三季妒，枝梅沙勒漫。
常开不凋落，黛玉不泪涟。

（二）

抓沙根如楔，茫草掩压难。
春来洁如雪，挺胸抗风寒。
宿叶宽覆沙，直至春紫鲜。
珍贵重保护，沙勒扩梅园。

（三）

有情枝梅春无泪，硬顶风沙育新青。
常给沙洲着秀色，粉金挺立笑狂风。

窝 铺

入榻两阶深，铺中檩碰天[1]。

关门光束剑，黄昏星光闪。

石炕头铺灼，次递无温暖。

遇雪将顶事，草门如闭关。

席铺蛇吐信，晨起“腰带”软。[2]

寒冬野鸡聚，堵门条抽连。

注 1：碰天：碰头。

注 2：蛇顺在褥子缝栖息。

植苗风速

躬身插锹植苗青，播绿之快风速同。

岁月回首绿洲扩，碧绿波涛松万顷。

婚　趣

有户头喜，已过中年。长子就业，成家当然。
媒成蒙女，旅婚新鲜。下榻旅店，饸饹莜面。
“不让贺喜，俩月无闲！”

两小将回，掐指紧算。沽酒带肉，赶紧操办。
喜联四副，大门犯难：旅行结婚，酒席未免。
横批难配，“一枪俩眼？”

买豆酱

建场初期生活难，日日粗粮鲜莜面。
普通面粉约一成，月供食油二十钱。
数月无肉无菜豆，莜面改善只放盐。
供销运来豆瓣酱，家属蜂拥车上面。[1]
坛盆水桶急装满，酱沾满身涂满脸。
顿顿小葱来蘸酱，[2]炭火燎叶响塞罕。

注 1：春夏两季甚至更长一段时间，以野菜、小葱蘸酱佐食。
注 2：儿童把葱叶叶尖揪掉，再把葱叶在炭火上烘一烘，之后用嘴吹，葱叶抽动着发出乐声。

看电影

放映队，毛驴车，四季坎坷行艰难。
年一次，赛过年，六个分场少循环。
幕布露天高悬挂，凉夏冷观牙打颤。
冬天观享增皮袄，跺脚全身似夏单。
最是儿童能持久，怀里尿流不“再见”[1]。

注 1：片子结束现“完”或“再见”字，此引为看完才回家。

入　塞

王公牧地清木兰，肄武绥藩超百年。
腐败清廷没时代，秀林消亡山火连。
国家重视展宏图，机械林场耸高原。
机声隆鸣驱苍狼，千军万马染荒川。
六将[1]威严据雄关，三级管理场为战。
科学经营严保护，滤得清风拂益川[2]。

注 1：1975 年增建一场，故称“六将”。
注 2：取“益”字四点，托意坝下四场山川。

塞罕塔抒情

塞塔高千尺，伸手可推云。
高歌伴涛声，融入万顷林。

塞罕梦激情

塞罕碧绿涛歌声，飞入心胸尽笑容。
银杯把肉遂入梦，劲风复起创业情。

松林静

淖静树望人，河清鱼波粼。
月明照碧海，野狍放草邻。

戊戌杂诗

塞罕雄风傲荒寒，三代躬耕人两千。
初心全靠党凝聚，再造优境复木兰。
使命催鼓林涛涌，媒体采播车马连。
环球英名内罗毕，精神绽放展览馆。

情系塞罕

曾为创业歌，躬身业蹉跎。
风沙五林龄，艰难苦中乐。
初心胸中记，使命劲燃车。
雄林靓精神，业绩闪长波。

忆创业

颓塞荒近漠，创业疾似风。
科学共艰难，林海晚霞红。

塞罕傲

一轮红日照荒原，一团初心聚塞罕。
攻坚克难党领队，精英悍将战荒瀚。
一轮红日照战队，一心使命克难关。
科学育苗七星布，机械人工两征战。
一轮红日照碧海，一片林涛波浪卷。
风沙屏障生态力，森林美景新木兰。

词韵

青玉案·东坝梁

大风狂刮稀低草，五间房，连天雪。窗钉草帘年防沙。昼点油灯，绿龙婴幼，出草近六月。

多情不是月广寒，别为玉杵没。蝶梦百花花待蝶。绿林漫起，玻双电明，须把今夕说。[1]

注 1：砖瓦房，双层玻璃窗；进入 21 世纪，告别煤油灯。

霜天晓角·一棵松

劲风高原，历尽风沙寒。赖是生来刚毅，全不怕，体浑坚。

昂立，影随日。知心唯日月。强就铁骨铮铮，杨桦悦，启松原。

千秋岁·风雪东坝梁

有感穆世荣寒冬驾车回总场

路面雪如镜，盘坡陡七弯。下梁亦是蜀道难。辕马难抗风，雪深凛风卷。胶车侧，解套牵马急下关。

汽车低档爬，稳盘盯镜面，跪挖雪，轮打眼。蠕爬阎王鼻，车灭灯不燃[1]。烧皮袄[2]，滑冰土房窗草帘。

注 1：天冷冻灭车，喷灯也点不着。

注 2：擦车棉烧完后，烧皮大衣面烤车。

（加片）卜算子·磨难东坝梁

有感李经天曾学奇用前胸焐暖刘文会冻脚

晚秋昨日晴。频挖雪，汽车如蚁行。阎王鼻子风雪卷，毡包水果冻。

靴内雪融水。咬牙关，脚靴一体冻。扳手敲碎毡袜冰，寒待拖车行[1]。

两领导亲怀。轮焐脚，顿时胃剧痛。司机含泪寒化暖，双脚未残痛。

注 1：拖车：指履带拖拉机。

临江仙·一棵松

塞罕高岭一棵松，疾风冷雪从容。木兰俱毁存化石。沧桑越百年，挺立傲苍穹。

考察踏查选适树，劲松头榜高中。广建苗圃育壮苗。一棵指示树，还看林万顷。

忆千秋·研机

荒原绿化，供苗占先机，机械解放生产力。精心绘图纸，设计挑灯急。投资足，设定期限出样机。

攻关三结合，众志人心齐。夜加班，假不息。自动做床机，油压切根机，掘苗犁，最喜三不覆播种机[1]。

注1：自动播种、覆土、镇压床面。

忆机械造林·决战马蹄坑[1]

有感1964年春季落叶松机械植苗造林成功

荒原一百五十十年，踏查得觅，英雄战处。
三年休闲，机声昼夜狼烟，雨雪润生土。[2]
誓师脑袋山前，勒住下坡马，逆风顶住！战队浩荡，战前严密部署。
机车，植树机，镇压器，壮苗充足，誓吞荒原如虎。
马架子窝铺下榻，醒来霜满铺。

翻前对角切，密被早腐，赢得好土。[3]
两番出战，棚中周密谋划，绿略开篇，烽烟精植树。
无不勇猛拼杀，精准发苗箭，苍狼夺路！马蹄坑绿，春秋两度开步。
莫问：创业当年，记初心，躬身使命，笑谈粗饭闯劲足。
机械造林成首创，春秋十六度。

注1：落叶松机械植苗造林。
注2：首先切碎地表植被，深翻、浅翻、重耙、轻耙、镇压，三年休闲管理。
注3：翻地前，用圆盘重耙采用“双遍双角线法”切碎植被。

雨霖铃·续战马蹄坑

机声隆鸣，众志播绿，再战马蹄坑。我誓筑起屏障，寒植壮苗，意待松青。技术精准把握，罕荒改容。抗高寒，套[1]克难关，塞罕又续绿葱茏。

秋来顺势横挥帚，西邻地，后成尚海林。喜与雪厚温存，静待春到，顶芽窜升。两地幼抚，机械除草，人镐神精。行如线，比肩[2]峥嵘，广袤落叶松。

注1：套：成套技术。
注2：比肩，指机械造林和人工造林成功。

清平乐·落叶松

精播初心，初肥药防逆，遍圃箭簇密，昨夜蒙蒙细雨。
日来精心管理，幼苗蹭蹭向上。掌握两期增高，二年三百林地。[1]

注 1：一亩 2 年生产成苗 10 万株以上，造林至少 300 亩。

清平乐·樟子松

有感1964年二度引种樟子松育苗成功

引樟子松，出苗及汁乳，冬前盖土防生干[1]，最是措施特殊。

春来慎撤土，顶芽膨绿肥足。后期磷肥钙微渴，扎根沙荒落户。

注1：生干：生理干旱，苗冠干枯。

永遇乐·练兵台怀战[1]

决战北疆，英雄得觅，康熙麾处。挥兵御台，藐视漠北，联营百里，红衣兵围，怒破驼城[2]。想当年，金戈铁马，剿灭叛军如虎。

六十年代，记训施措，誓植雄林万顷。五十五年，科技造林，平叛攻坚路。蓦然回首，御台环周，松涛代鸦鼓。践使命，一代攻坚，后代接涌。

注 1：练兵台亦称亮兵台。
注 2：红衣：红衣大炮。

（加片）临江仙·选苗

掘苗紧拔入棚，棚内潮湿渠贯。年年家属选苗满。待选帘水浸，株株沾水选。

半天不及烘手，孩子身边哭连。质量精准待验严。月余伴灯暗，双手血丝满。

出棚立时蘸浆，防止失水根干。调运马车噪忙碌。饥渴衣服湿，汗马造林前。

植苗锹歌

创业初，自研具，旧具全取替，饱含激情绿蛮荒，投苗几秒根挤实，荒原变绿地。云曰省工力更赞创奇迹。

践使命，发潜力，绿苗仰战旗，顶风踏沙绿波起，苗点纵横绘浩瀚，林海百万余。三季迸发绿塞罕新天地。

植苗锹，工利器，扛锹扑荒急，精植松苗闪速度，内心欣喜力不疲。两代攻坚新代涌。绿化塞罕皆因握有你。

人二亩，日连地，月超万亩地。工地旗展映军涌，常年挺进扫裸区，技术要领统根基。使命绣新景遍插生态旗。

浪淘沙·换树种

有感塞罕坝沙荒引种樟子松造林成功

瘠沙落叶松，三年草丛。引来樟松[1]抗旱风。终是适地起幼林，沙丘绿绒。

往植[2]六七遍，憾恨资扔。今朝一遍无复种。当冬埋土气死风，沙步骤停。[3]

注 1：樟松即樟子松。

注 2：往植：指栽植华北落叶松。

注 3：机犁沟整地造林的樟子松，当冬进行埋土防止幼树生理干旱。

摸鱼儿·河水清煮细鳞鱼

值 1982 年春季沙荒造林结束私下庆贺

造林竣，倾心庆喜，吐力根河凉冽。赤身冷流长杆惊，抬网逆水挑鱼。七寸起，长尺余，捡鱼抱衣汗淋漓。塔子迈急。牙颤湿穿衣，赶紧剥洗，人人心欢喜。

干巴饼，家中普通面粉。饼掉渣沙沙响。“麻锅”水鱼山花椒，火旺不刻香闻。满瓷盆，夫叫堂：河水清煮细鳞鱼！着无酒液。手把唏嘘啃，人均两条，热气虚眼闭。

忆林海·冬调

冬雪寒光，野外调查，选择圈设样地。乍手测径，录颤声，哈气标木解析。

尽踏林分积雪，掌握间隔期，留优去劣。林中冻餐，坐雪样地，视待质量第一。

（加片）忆兴安·寒冬采种

有感 1971 年夏均奎、孙秋烨赴兴安购种变采种

赴兴安，秋烨中煤烟。均奎赤脚印冬雪[1]，医院救车即到。鬼门关前返。

德兴见[2]，接家暖房间。猪肉酸菜“驱煤气”，调养身体近十日。心系进深山。

甘河局[3]，领导立拍板，库中林场竭力助，伐采调制九十天[4]。种子超四千。

火车站，分批发运全。保证翌春两千六，储备后年二千。育苗基础奠。

注 1：来不及穿棉鞋，穿拖鞋奔找医院。
注 2：夏、孙同学罗德兴。
注 3：大兴安岭甘河林业局。
注 4：因种子尚未飞散，即降温降雨，故结合采伐采收球果。

谒金门·宣检专员

常宝玉，常年坚守门检。细致宣传严检查，制度不放宽。

“领导更应防火”，专员受检不免。总场下车赞负责，任职至颐年。

忆调查·圈面积

狂风突起，紧抱仪器，身后紧拽领衣。无处可背，牵手下山，飞沙片雪眼迷。

农女回多，钱求山韭，加蛋无油烙饸。窗外风裹，房瓦高飞，落地如轮疾车。

（加片）忆高山·雷击防火瞭望员

1987 年 5 月雷击蔡木山瞭望员，山下亲见伤员

瞭望员，观测准钟点，双足未稳外门边，晴天一声霹雳闪。击飞屋里边。

人懵然，锅盖崩碎片，铁锅在下亦破碎，人卡锅腔拼力翻。望远镜仍攥。

爬屋里，吃力报机关。脸青佝腰脚嚓地，几步寻靠顶腰眼。“还上蔡木山”！

亲姐替，握锹昼夜班，按时瞭望细记录，渴饮冷水餐凉饭。女有男人胆。

一剪梅

风雪塞罕沙催人，风华青春，创业青春。窝铺尝心共谋业。梦里初心，刻骨初心。

风沙屏障塞罕人，机械造林，人工造林。晓看天色暮油灯。依法护林，常年护林。

兰陵王·小光顶瞭望楼

瞭望楼，两层砖房突兀。高峰寒，劲草时坚。谁与苍林共春秋？孤独制高点。锅化陈雪饮身舒。罕飞鸟，狼窥瞭楼，油灯红暗照冷屋。

春来，兴改革。陈锐军夫妻，承包孤所，抱子搬家勒勒车。楼上铁皮隆，监测林火。旬年见人寥可数，与林高声合。

春来，见觉悟。刘军夫妇续，高巅又主。高楼科技更无误。与林涛共歌，亦十二度。子女孝，旧历年，共屠苏。

清平乐·机翻防火隔离带

两季旱风，植被高燃点。护林防火关生存，月余精心机翻。

满是隔离网络，终是数十米宽。火点未及借风，及遇土带息燃。

（加片）苏幕遮・巡山

护林员，日巡山，大风骤起，驱马行艰难。脸黑眼亮牙雪白，何惧风三[1]，巡山记录全。

护林员，日巡山，雨冷雪飘，纵是牙打颤。村民行人细工作，坚持宣检，不计假日天。

李庆瑞，步巡山，林毗内蒙，牧农敬佛仙。[2]旧车棚子半埋地，薄不御寒，忠魂驻佛山[3]。

注 1：尤其春季至 6 月风季，时常大风连续三天，昼夜不停。
注 2：有敦仁镇远神和塞北佛之传说。
注 3：积病，陨时 25 岁。

苏幕遮·绿梦

蔚蓝天，百花园，春长无夏，窝铺傍涝塔。山绿原碧天一色。情系两乡，更在塞罕坝。

春栽树，秋秩绿，忙季夜短，草铺塞罕梦。风沙奇寒曲催动。杯酒驱寒，造林五更行。

忆衷情·蔡木山鸟瞰樟子松有感

当年机声震沙瀚，落叶松一万。“功臣”磨合载家慢，沙川塞入眼帘。

何止狂风年七十，栽树“掐脖旱”。潜心摸索闯绿路，旱松稳步扩延。

最是接力人三代，党旗迎风展，众手锁沙绿沙勒，更信碧涛拓宽。

换颜令

冬雪未流潺，春意稍阑。冬衣勉耐高岭寒。躬身植下希望树，信心倍添。

凭高俯环望，无限绿妍。顶风冒雪沙添饭。金山银山替旧貌，木兰再现。

念奴娇·怀塞罕坝创业

苍林雄起，波涛滚，尽是英雄人物。建垒五场，班子强，抗弩马，箭发数簇。千军万马，战将精兵，踏化三尺雪。塞罕如画，三百八十四擂主。[1]

回顾当年拿苗，经营次生林，两式造林。科技攻关，笑谈间，荒山荒原巨变。风寒六十年，事业三代连，嘉年靓华。酱樽还酹塞罕。

注 1：林场对外人数 369 人，第一任场长坚持 384 人。

常思难

荒山一程，茫原一程，身向艰难那边行。夜深煤油灯。

大风两季，雪存两季，激动初心绿色梦。塞天回呼声。

沁园春·木兰再

清廷猎场，层林尽染，秋狝大典。
瞰坝上坝下，满目尽荒凉；碎叶燎桩，鸟稀兽罕；山秃沙瀚，雪封半年。百余年荒无人烟。大军激涌，鏖战塞罕，誓复清幽木兰。

初心定，创业践使命，战队矫健。
凄荒颓景，步履艰难；三代扑继播绿，百万亩雄林尽层峦。苍林翠景今又见。忆窝铺地窨，粗粮莜粒，度度奇寒，科技造林，近六十年。

忆千秋·遇狼

记六十年代刘海山野外调查遇狼

独身林地，细查成活率，欣喜起身欲过梁。抬眼饿狼近，腿蹲似拿器。见狼窜，飞奔跨河数十米。

苍狼转身追，丢鞋一脚低。窜柳丛，不停息。鞋袜又丢一，双足血淋漓。汗十里，回呵狼惧钻丛里。

虞美人·大脑袋山披绿

有感王文禄柳筐装苗对流沙

两季大风何时了，披锦败多少？沙坡昨日土法行，绿波掩沙昂立挡西风。

柳筐做钵填壮苗，流沙现绿涛。君见樑粗樟子松，酷似绿色城墙护罕城。[1]

注 1：罕城：塞罕城。

（加片）定风波·两上瞭望楼

大唤起林场防火瞭望员赵福州两度坚守，子生高巅有感

天桥梁，瞭望楼上，瞭望员赵福州。浩瀚碧波，林海雪原，爱妻孕月九。长子降，夭息声，产妇出血待救！急眼！必须保大人，电话求救！

急摇把，家属忙奔，找来村民十人。[1]肩扛门板，顶风爬攀，火急山下奔。大敞车，未灭火，医院急救解心焚。感恩！途返重要岗，干娘跪认。

次子临，婴儿声歌，五载平安转站。[2]德胜沟里，口宣实检，幼童义务员。深山里，昼夜检，转眼已是数年。使命！刻严杜火源，日破常班。

听分配，再赴楼观，夫妻再携同前。风耕皱纹，寒雪鬓染，又守十三年。喜次子，退伍兵，专业扑火队员。感叹！两度十八年，憾接颐年。

注 1：磁石电话，门儿少，按既定长短数摇。鹿场职工只有几家，近距农村。
注 2：次子 7 个月早产，在楼出生。

点绛唇·塞罕塔上

电梯速上，环洲鸟瞰数十万。松涛滚滚，林海阔无边。

凭栏南眺，遥望锥子山。六十年，此时凝神，遥知当年艰。

沁园春·绿塞罕

腐清凄败，洪荒塞罕，风嚎雪卷。望高坝上下，双足稳站。沟豁荒荒，沙丘连连。飞鸟哀鸣，白云推远。一棵劲松挺高原。上下一心，建场志更坚，揽月塞天。

班硬队强聚巅。圃苗壮，采种数兴安。坯垒窝铺密，笑傲星寒。机播希望，人植苗千。[1]强防体系，扼杀火点，风耕岁月鱼尾添。天无奈，风沙屏障起，跨纪代连。

注1：机械造林，一个机组日植树240亩，人均10亩，3333株。人工造林，人/日3亩，999株。

怀　旧

狂风黄沙弥漫天，夜难静，狼声连。窝铺透天抗奇寒，射箭荒山荒原。年年奋战，月月拼命，三代续攻坚。

未愁粗粮莜麦粒，缺副食，过素年。油灯微红借寒月，何惧植树艰难。初心凝聚，众志创业，换得波涛滚连。

木兰花慢·潜心

宣女学年投身塞罕坝建设[1]

宣女岁十三，苗圃工，童步飞。新圃生产忙，起早贪黑。转战三圃，抡喷壶，湿布鞋裤腿。勤学咬牙弗偷懒，紧跟成人不掉队。

三圃，提水轮速转，童推若跑飞。留心业流程，认真操作，道道都会。擦汗，转眼数年，娴熟手，均赞不言吹。育苗技能渐丰，干活帮人不挑谁。

十八岁[2]转工，干木镟，精品岗。业余拼加班，车间灯亮。寒集运材，刚强。生产骨干，三年额，一载达超量。刀具研磨共修机，先进表彰在围场。[3]

转行，厨师面点师，黎明到夜晚，苦干不攀人，需要勇上，袜日四眼，磨拳。《远山姐妹》，连开机，日二百人饭。“劁猪不能全上！”杀羊八人免跪桉。

注 1：1961 年随父从内蒙古自治区多伦县来场，时年七岁。

注 2：十八岁时值 1971 年。

注 3：表彰：围场县学习毛主席著作积极分子表彰大会。

扬州慢·塞罕城

脑袋山东，广袤花苑，窝铺草房居处。年狂飙两季，卷黄沙浑轰。自开围剿匪之后，狼嚎鸦喊，废地古树。“先治坡”，林人奇迹，一血植空。

记初心，纵豆蔻好梦，高坝新城。五龙踞[1]连展馆，巨石《塞赋》[2]，满蒙风情。高楼栉比宽明，“后治窝”，林区向荣。旅游大发展，五街二路宽行。

注 1：五龙踞：选低洼地建办公楼。
注 2：《塞赋》：《塞罕坝赋》

蝶恋花

立锥茫原顶风疾，何急荒愁，隆隆震天际。初心盖过残木兰，铮言使命凭科技。

年华才智宏图醉，对酒当歌，野菜强无味。额划年轮鬓雪染，雕得塞罕滴翡翠。

（加片）忆江南·塞罕坝

塞罕坝，木兰新奇观。日出林涛涌似海，复来吐河[1]绿如蓝。能不游塞罕？

景观佳，塞上又仙园。摄影人拥抢高地，作家创作画家板。游人尽流连。

林骄子，屡代续攻坚。报刊采撷颂精神，电视滚播《范例》宣[2]。榜样寰宇传。

注1：吐河：吐力根河。

注2：2017年8月，中央电视台连续滚动播出宣传塞罕坝专题片。

小重山·忆沙勒

一旬五任更。接续沙勒梦，照三星。颠马踏查绿路定。行悄悄，两耳风沙声。

青丝伴身躬。三逢志同攻沙岭。沙勒荒披锦，业胧明。遇道合，建议有人听。

满江红·锁沙行

潜心静气，踏沙行，风雨无歇。眺四周，傲笑沙洪，气壮前阶。嘉时勇对沙与旱，三千六百棘和风。未等闲，霜躲两鬓青，步有节。

连五任，有脏咽。[1]驹过隙，三亲切。风波马踏全野。壮志饥餐粗粮沙，欣然渴饮涝塔红。“挟行”已惑年，喜遇亲躬任，议酒液。[2]

注 1：1975—1986 年沙勒当林场历五任场长班子。

注 2：开玩笑：不提建议不给酒喝。不情切，欣然建议。

临江仙·松涛滚滚涌涓流

滚滚松涛涌涓流[1]，涛声讴歌英雄。百万洪荒复绿绒，荒山已不在，青接夕阳红。

白发颐年青年涌，看惯塞罕劲松。改革创新业更隆，生态异军起，狂风换国风[2]。

注1：坝下两条河注入辽河，两条注入滦河，坝上两条注入小滦河。
注2：国风：意为绿色中国风。

高寒第一枝·塞罕坝林场

国家济困，建林场，选址塞罕高巅。党委团结坚强，堡垒人才技专。准发四箭，克难题，速累经验。拓荒女，五更奔原，半世纪，积林百二十万。

抓改革，创新登攀。再创业，三条主线。精准四个定位，五战略生态先。优化经济，柏油路宽，和谐发展。巍巍乎，林海涛延，业翘楚，塞罕坝精神闪。

后　记

《塞罕坝创业史诗》成书问世了！有点儿感慨。感谢专业人员为这本专业质量有限的创作产品忙碌操心；第二，感谢领导、同事和亲人的支持；第三，乘了学“塞罕坝精神”的东风，这股风鼓足了我的勇气，也算退休后赶上宣传“塞罕坝精神”自发参与的一点勇气和担当吧。

《塞罕坝创业史诗》的创作，实际上从2017年9月就开始了，起初希望这册史诗单出书，再配上相应数量的图片，可有点担心写作水平，过程中看了一点儿古诗词和近体诗，也看了两遍《荷马史诗》，收获些许，皮毛而已；也借鉴了《张勇之歌》的文法语气；虽然脑筋还行，但恐怕还是很难学到精华，只好坚持文无定法、信马由缰吧。

庆幸的是，作为林业专业工作者的我，曾经亲历塞罕坝创业的过程，每想到宣传“塞罕坝精神”，自己也备受鼓舞，于是下定决心，在键盘上敲！一敲不要紧，成了回顾过程，现代诗部分的“艰苦创业”与“使命延续”，新木都忆昔的“诗章”和“词韵”跃然纸上。虽然，古人云：春风不度玉门关，但我坚信，我这“杨柳”一定能遇到春风。

塞罕坝60年是一部雄壮辉煌的史诗。我虽创作功底浅，加之纳入诗词部分，整部书的体裁便靠在史诗上。《塞罕坝创业史诗》是一份历史、业绩和精神上的回忆和记述，无疑成了我的一项使命。《塞罕坝创业史诗》搁置期间我对它进行了修改和完善：采纳了张建华副场长的建议，补写了习近平总书记视察塞罕坝的相关内容，也就延续到 2022 年，正好与林场建场 60 年相齐。2024 年 4 月，原塞罕坝林场场长刘春延欣然为之作序。在此深深致谢！真是希望催生定力。

说回来，在林场工作近 40 年，各方面的情况确实知晓不少，对其历程和精神是比较清楚的。可敲出来的文字，避免不了会涉及一些负面的事或教训，点到为止。从负面里走出来，即使“志”也只是记述不评论，宜粗不宜细，只起“用”的作用。同时，这也巩固了我刚退休时的想法，想整理出一个塞罕坝建设历史的系统性文本来，这是关乎塞罕坝历史和未来的问题。如此说也许有点玄乎，古人尚且“莫使金樽空对月”，那我们也不能空对历史和伟业，应当老牛有志自抻套，不用扬鞭再奋蹄；辕牛掌路边套劲，耕耘不辍精史期。于是，在 2019 年末完成了《1962—2000 年的塞罕坝林业建设》(分五个历史性断代部分)。尽管未付印，包括本人（亦是）微机版本的《河北省塞罕坝机械林场场志（1951—2001）》已经起到发挥、挖掘“塞罕坝精神”的作用了，诸如《塞罕坝精神》《塞罕坝之魂》等书籍和一些报刊都引用了其中很有价值的历史资料。

2022 年,《塞罕劲风》正式出版了；2023 年《塞罕坝创业小故事 100 个》付印了。回想起来，写《塞罕坝创业史诗》也是个尝试，专业性或许浅薄，这几个小册子加起来，从事儿里看精神吧。

张树珊

2024 年 5 月 16 日于上海

图书在版编目（CIP）数据

塞罕坝创业史诗 / 张树珊著. -- 上海 : 上海文艺出版社, 2024.10

ISBN 978-7-5321-9020-1

Ⅰ. ①塞… Ⅱ. ①张… Ⅲ. ①诗集－中国－当代 Ⅳ. ①I227

中国国家版本馆CIP数据核字(2024)第106806号

发 行 人: 毕 胜

责任编辑: 毛静彦

装帧设计: 周志武

书　　名: 塞罕坝创业史诗

作　　者: 张树珊

出　　版: 上海世纪出版集团　上海文艺出版社

地　　址: 上海市闵行区号景路159弄A座2楼 201101

发　　行: 上海文艺出版社发行中心

上海市闵行区号景路159弄A座2楼206室 201101 www.ewen.co

印　　刷: 上海安枫印务有限公司

开　　本: 889×1240 1/32

印　　张: 8.125

插　　页: 8

字　　数: 171,000

印　　次: 2024年10月第1版 2024年10月第1次印刷

I S B N: 978-7-5321-9020-1/I.7101

定　　价: 69.00元

告 读 者: 如发现本书有质量问题请与印刷厂质量科联系 T: 021-64348005